Max Kassa

Opus Corvorum 2

Die Legende lebt

AF190519

Max Kassa

Opus Corvorum 2

Von Menschen und Raben oder Die Legende lebt

Roman

Impressum

Bibliografische Information der Deutschen Nationalbibliothek:
Die Deutsche Nationalbibliothek verzeichnet diese Publikation
in der Deutschen Nationalbibliografie;
detaillierte bibliografische Daten sind im Internet
über http://dnb.dnb.de abrufbar.

Die automatisierte Analyse des Werkes, um daraus
Informationen insbesondere über Muster, Trends und
Korrelationen gemäß §44b UrhG („Text und Data Mining")
zu gewinnen, ist untersagt.

Herstellung und Verlag: BoD – Books on Demand, Norderstedt

ISBN: 978-3-7578-8162-7

Zu diesem Buch

Ludwig - Gefiederte Intelligenzbestie

Weil Vögel keine Säuger sind, hat man sie lange unterschätzt. Vor allem Rabenvögel sind der Beleg dafür, dass Hirngröße nicht alles sein kann, wenn es um kognitive Fähigkeiten geht.

Selbstgefällig, überheblich, eitel, aber auch gebildet, berichtet Ludwig, die Rabenkrähe, von seinem zweiten Lebensjahr in der bürgerlichen Welt der Familie seines Meisters Wilhelm und dessen Nachbarschaf. Dabei werden viele Fakten über Raben und ihre Verwandtschaft vermittelt. Eine Möglichkeit, die scheinbar so vertrauten und nervigen Krähen auf neue Art und Weise kennenzulernen.

Titelbild

Ich bedanke mich bei dem Künstler Heinrich Schott für die Nutzung seiner wunderbaren Rabenzeichnung: *Die Hand denkt*

http://www.heinrich-schott.de

Vorwort

Meine humanistische Haltung und der tiefe Respekt vor meiner Einzigartigkeit, meiner Würde und meines inneren Reichtums brachte mich zu der Überzeugung, dass es angemessen sei, demütig und mit der mir eigenen Bescheidenheit über mich, den einmaligen Raben zu berichten.

Ich stelle mich vor.

Es gibt eigenartigerweise immer noch Menschen, die mich noch nicht kennen und die nicht im Entferntesten ahnen, was ihnen damit entgeht. Ich heiße Ludwig und ich bin eine Rabenkrähe, ziehe aber vor, Rabe genannt zu werden. Wir Raben sind Singvögel und wir krähen nicht.

Ich bin ein erfolgreicher Vogel, weil ich nicht normal bin. Ich lasse mich nicht beschränken, indem ich das tue, was alle anderen tun. Ich bin außergewöhnlich. Ich treffe kluge Entscheidungen, weil ich über mein Handeln nachdenke und die Konsequenzen einschätzen kann. Ich bin selbstkritisch. Mir ist bewusst, dass es grundsätzlich immer zwei Meinungen gibt: Meine und die falsche. Ich schätze Menschen und Raben, die frisch und offen ihre Meinung sagen - vorausgesetzt, sie meinen dasselbe wie ich.

Ich bin etwas Besonderes. Einzigartig und interessant.
Man sagt, ich sei intelligent. Ich teile diese Meinung.

Aber auch andere Raben sind einfach tolle Tiere. Vor ewigen Zeiten haben Menschen und Götter das wohl erkannt und sind diesen Tieren mit Achtung begegnet. Eine solche Achtung sollte nicht nur jenen Tieren zugesprochen werden, die der Mensch für intelligent hält, sondern allen Lebewesen!

Als ich ein Knäblein war jung und zart ...

Über meine Knabenzeit, in der mein Genius von Wilhelm entdeckt wurde und der Geist des strebenden Jünglings mit Ausbildung und Erziehung gefüttert wurde, habe ich bereits ausführlich berichtet. Selbstverständlich behielt ich mir vor, mich nicht nur auf meinen Meister zu verlassen, sondern meine vortreffliche Erziehung zu einem wertvollen Mitglied der Rabengemeinschaft auch selbst in die Hand zu nehmen. Menschen und Rabenartige haben zwar eine lange, gemeinsame Kulturgeschichte, aber trotz der verblüffenden Ähnlichkeiten sind wir doch eine eigene Spezies mit unserem eigenen Kopf.

Es gibt Stimmen, die der Meinung sind, Begabung oder Genie seien nicht angeboren, sondern sei durch systematische Förderung und Training zu erzielen. Ich meine, beides stimmt.

Eisangeln oder Wann ist ein Loch ein Loch

Mitte Januar war es bitterkalt bei uns in Worpswede und ich war froh, hier in meiner „Villa Meisenschreck "mit Elise relativ geschützt vor Eis, Schnee und Hagel zu leben. Meine Kumpel in den Bäumen taten mir zwar leid, aber jeder ist sich selbst der Nächste.

Herrlich klare Winterluft, der knirschende Schnee unter meinen Füßen – wir Raben tragen keine Socken – und die Ruhe im Garten von Wilhelm und Luise bereiteten mir viel Freude. Nur so ein paar vorwitzige Kohlmeisen tollten lauthals zeternd durch den Bambus. Ich beschloss, weil Hektik, Lärm und Stress bei Wilhelm ebenso verpönt war wie bei mir, mich zu entschleunigen.

Ich fliege zur Hamme. „Willst du etwa mit?" Die Antwort fiel erwartungsgemäß negativ, also für mich positiv aus. Ich wollte mir Ruhe gönnen ohne ein plapperndes Weib neben mir, sagte aber scheinheilig „Ach, schade!"

Kunstvoll segelte ich, hin und wieder mit kräftigen Flügelschlägen beschleunigend, Richtung Dorf. Wie der Geier schwebt über der Wüste und sich umschaut nach Beute, so kreiste ich über dem Restaurant „Worpsweder Bahnhof" und prüfte, ob irgendwo Leckereien abzustauben waren, aber wegen der Kälte saßen die verweichlichten Gäste einer Gesellschaft alle im gemütlichen Lokal.

Es war bereits später Vormittag und die Sonne ließ den Schnee von den Birkenzweigen tropfen. Auf dem Weg zum Fluss sah ich auf den überschwemmten und vereisten Wiesen einige Jungs mit einfachen Schlägern Eishockey spielen. Bei mir läuteten die Alarmglocken, mein Puls raste und meine Flügel rauschten als ich mich in schwindelerregende Höhen schraubte, denn eine Kollision mit einem Puck wollte ich unbedingt vermeiden.

Unbeschadet näherte ich mich dem Moorflüsschen. In den hohen Eichen johlten die Rabenkrähen und auch einige Nebelkrähen, die sich hier als Wintergäste von Regionen östlich der Elbe aufhielten.

Einige von ihnen kannte ich und grüßte freundlich. Sie erwiderten höflich den Gruß und wünschten mir einen schönen Tag. Ich gab vor, es eilig zu haben, denn ich hatte keine Lust, in oberflächliche Gespräche verwickelt zu werden. Dynamisch startete ich durch und außer Sichtweite der Gesellen fiel ich in einen gemächlichen Schonflug.

Da, da saß er! Am Ufer, in dem Dreieck zwischen der Hamme und Beek, sah ich ihn. Der kleine Klein Hannes, genannt Bacardi, saß im Baum und spähte angestrengt auf die Mitte des Flusses. Er tippelte nervös auf dem Ast hin und her und machte Bewegungen als wolle er ein Ei legen. Bacardi war klein, er hatte höchstens die Größe einer Dohle. Er beobachtete einen alten, in dicker Winterkleidung gehüllten Mann, der sich gerade mit eiernden Schritten wie ein hüftkranker Pinguin vom Eis entfernte.

Die besten Beobachter sind jene, die während des Vorgangs der Beobachtung von niemandem dabei beobachtet werden, deren Beobachtung sie nur ablenken würde. Bacardi war nun mal kein klarer Beobachter. Ihm mangelte es nicht an dem namensgebenden Getränk, wohl aber an klarer Sicht und eines scharfen Blicks.

Neymar-Syndrom

Ich räusperte mich zwei bis dreimal, um auf mich aufmerksam zu machen. Bacardi zuckte zusammen und beeilte sich auffällig unauffällig in eine andere Richtung zu schauen. Dabei bewegte er sich von seinem ursprünglichen Standort fort. Natürlich durchschaute ich ihn, schließlich ist das „Verleiten" eine alte Rabentechnik, die allerdings auch von vielen bodenbrütenden Vögeln wie zum Beispiel Kiebitzen angewendet wird.

Sobald die Elternvögel einen potentiellen Nesträuber, zum Beispiel einen Fuchs, wahrnehmen, beginnen sie mit einem beeindruckenden Schauspiel. Sie mimen theatralisch eine halbtote, leicht zu greifende Beute. Auffallen um jeden Preis.

Mit hängenden Federn und lauten Rufen locken sie den Feind weg vom Nest, um dann plötzlich mit wieder erlangter Flugfähigkeit zu entkommen.

Bei diesem Schauspiel glaubte ich eine Parallele zum Verhalten einiger Fußballspieler zu erkennen. Sie gehen bei einem Foul theatralisch zu Boden und stehen nach dem gewünschten Pfiff des Schiedsrichters wieder auf als ob nichts gewesen wäre.

Ich werde Wilhelm bitten, der „Deutschen Ornithologen-Gesellschaft" vorzuschlagen, den schwammigen Begriff „Verleiten" durch einen präzisen und passenden Fachbegriff zu ersetzen: „Neymar Syndrom".

„Moin Bacardi, was treibst du denn hier?"

„Du, du, äh, du, ich wollte mal frische Luft schnappen, und du?"

„Ach, ich dachte, ich hätte neulich im Eis ein Loch gesehen", log ich. „Du, dddu, das kann nicht sein, es gibt keine Löcher, jedenfalls nicht hier." Ich spürte seine Erregung und die Angst vor der Preisgabe seiner Entdeckung.

„Du hast recht", sagte ich. „Eigentlich gibt es keine Löcher. Löcher sind ein Nichts mit Materie drumherum. Die Materie kann aus Erde bestehen oder aus Holz oder auch aus Eis." Bei dem Wort „Eis" zuckte der Kleine wieder verdächtig.

„Es gibt viele verschiedene Löcher, die eigentlich keine Löcher sind, da es sie nicht gibt. Man spricht von Haushaltslöchern, die oft in kleinen Haushalten vorkommen oder auch sehr oft beim Staat. Im Gegensatz zum Staatshaushalt verfügt der kleine private Haushalt jedoch nicht über diverse Sondervermögen. Ferner gibt es

Gucklöcher, Schlaglöcher, Luftlöcher, Nasenlöcher, Armleuchter, Ozonlöcher, Schwarze Löcher, glückliche Rodler oder Wurmlöcher." „Wurmlöcher?!"

„Ja, Wurmlöcher. Aber das sind theoretische Gebilde, die von Albert Einstein und Nathan Rosen beschrieben wurden. Ich weiß, die Namen sagen dir nichts. Natürlich kann man Wurmlöcher nicht sehen, aber…"

„Aber, aber, du, ddu", er unterbrach mich. Dem kleinen Gehirnakrobaten entgleisten die Gesichtszüge, seine Augen sahen aus wie Teleskope. In seinem inneren tobte der Kampf, eine Entscheidung zwischen zwei gleichwertigen Optionen zu treffen. Er befand sich in einem Dilemma. Einerseits wollte er seine Entdeckung nicht preisgeben, andererseits wollte er beweisen, dass er sehr wohl ein Wurmloch gefunden hatte. „Gut, komm mit, ich zeige dir was."

Es war mir klar, dass er nicht widerstehen konnte. Wir flogen zum Eisloch. Es war kreisrund und offensichtlich fachmännisch ausgesägt. Bacardi war aufgeregt und begann sofort mit der Angelei. Dabei stellte er sich erstaunlich geschickt an. Er zog mit dem Schnabel ein Stückchen Schnur hoch und hielt diese mit dem linken Fuß fest. Diese Technik wiederholte er dreimal und schon kam der Haken mit einem Regenwurm zum Vorschein.

„Nicht schlecht, das hätte ich dir überhaupt nicht zugetraut", sagte ich anerkennend. „Siehste, ein Wurmloch. Ich habe bewiesen, dass Einstein oder wie der Typ heißt recht hat." Er wollte den zappelnden Wurm gerade verspeisen, aber ich hielt ihn zurück. „Häng ihn noch einmal rein und wenn die Schnur zuckt, ziehst du sie schnell heraus." Wir mussten nicht lange warten. Die Schnur bewegte sich und Bacardi reagierte sofort. Er grinste glückselig, denn am Haken hing ein kleiner Kaulbarsch, den er sofort verspeiste. „Sieh an, das nennt man Nahrungskette.
Fisch frisst Wurm, Krähe frisst Fisch und Fuchs frisst Krähe."

Fuchs?!

„Los Abflug!" Tatsächlich schnürte ein Rotfuchs, den ich aus den Augenwinkeln gesehen hatte, am Ufer und überlegte, ob ihn das Eis halten würde. Egal, wir waren in Sicherheit. Bacardi verabschiedete sich.

„Tschüss, Fisch will schwimmen und ich weiß, wo ich etwas finde, reicht aber nur für mich." Es war mir sehr recht, allein nach Hause zu fliegen. Mittlerweile war es früher Nachmittag geworden und ich begann zu frieren. Mein Magen meldete sich ebenfalls.

Bei uns im Esszimmer, eigentlich das Zimmer von Wilhelm und Luise, saßen die beiden zusammen mit Sohn Julius und dessen Freundin. Ich klopfte höflich und bat um Einlass. Wilhelm war bester Laune, hatte er doch wieder einmal seine Gegner beim Kartenspiel vernichtend geschlagen, wie er sagte.

Ich berichtete kurz von meinem Abenteuer und schloss mit der Feststellung, dass Angeln durstig mache. Wilhelm reagierte prompt und kredenzte mir eine Schale mit alkoholfreiem Weizenbier.

„Aber sage mal, Wilhelm, wusstest du, dass es so viele verschiedene Löcher gibt, wo es sie eigentlich überhaupt nicht gibt?"

„Lieber Ludwig, das sieht jeder anders. Wenn ich unsere Freunde aus der Nachbarschaft fragen würde, gebe es sicher diverse Antworten. Anton und Erika würden kleine Löcher in der Wäsche als Risse bezeichnen. Erika würde dem Kunden der Reinigung erklären, diese seien schon vor der Waschbehandlung vorhanden gewesen. Der Mathematiker Gerhard, wir nennen ihn „Graf Zahl", würde einen Vortrag über Gravitationsfelder und schwarze Löcher halten und für unseren Holzwurm Bernhard wäre nur ein Bohrloch in einem Holzbrett ein anständiges Loch. Für Ilse wäre es kein Loch, sondern eine gefährliche Stolperfalle, hervorgerufen durch Wühlmäuse." „Und was ist mit Heino und Sabine?"

„Sabine würde an Hohlräume im Schweizer Emmentaler denken und Heino frage ich lieber nicht.
Übrigens, die Löcher zum Eisangeln nennt man Wuhnen."

Frühling

Es ist wintergrau und kalt und obwohl noch Schnee liegt, lassen bereits Blau- und Kohlmeisen in den frühen Morgenstunden ihren Gesang erklingen. Es sind die Männchen, die mit ihrem schrägen Geträller und ihrem guten Aussehen die Weibchen anlocken wollen. Bei Vögeln herrscht Damenwahl.

Die absolute Gewissheit meiner Einzigartigkeit und meine geradezu himmlische Anziehungskraft auf die Damenwelt beruhigte mich. Werbung hatte ich nicht nötig. Meine Partnerin Elise war mir treu, und auch ich blieb ihr zum Verdruss der anderen Krähendamen gewogen. Wo bei den länger werdenden Tagen die Hormone bei anderen einen Rausch der Gefühle auslösten, blieb ich gelassen und abgeklärt.

Natürlich nahm auch bei mir die Melatonin-Konzentration im Blut ab und meine biologische Uhr signalisierte mir den beginnenden Frühling. Ich ließ mich als gebildeter Rabe selbstverständlich nicht wie ein verliebter Gockel zu Balzritualen, Tänzen und peinlichem Imponiergehabe herab.

Allerdings ermunterte mich eine innere Unruhe, die ich auch bei Elise bemerkte, zu einem Inspektionsflug in der Umgebung. In den Häusern der Nachbarn herrschte Ruhe und in den aufgeräumten Gärten wuchs noch kein Unkraut, auf das sich die Hausfrauen stürzen konnten. Auf dem einzigen Grundstück, auf dem sich Unkraut nach Belieben ausbreiten konnte, herrschte ebenfalls Ruhe, da die dazugehörige Hausfrau sich lieber „Mein schöner Garten" und ähnlichen Blödsinn im TV ansah.

Das Anwesen von Schlachter Heino inspizierte ich besonders gründlich, aber auch dort herrschte Ordnung. Von Elsternfallen jedenfalls war keine Spur zu sehen. Ich konnte mich noch gut an meine Tölpelhaftigkeit erinnern, als ich im letzten Jahr quasi in die Falle getappt war, aus der mich Wilhelm gerettet hatte.

Abgesehen davon konnte ich tatsächlich rege Betriebsamkeit erkennen. Die Meisen waren erfreulich aktiv. Sie bezogen die Nistkästen in der Umgebung und bereiteten sich auf den Nachwuchs vor, den ich so sehr liebte. Meine Wölfe entdeckte ich nicht, wohl aber ein verliebtes Fuchspaar, welches sich nicht mehr aus den Augen ließ. Am Rande meines Heimatareals, eigentlich das Grundstück von Luise und Wilhelm, bemerkte ich, wie ein dickes Krötenweib mit einem Männchen Huckepack zu unserem Gartenteich unterwegs war.

Übrigens eine Transportmethode, die mir gefiel.

Ich beschloss, Elisa ein großzügiges Angebot zu unterbreiten, welche sie nicht ablehnen konnte. Ich wollte ihr gestatten, mich zu heiraten.

Heiratsantrag

Sonntagmorgen. „Meine liebe Elise, ich habe heute Nacht lange gegrübelt und bin zu dem Entschluss gekommen, dir zu gestatten, mir einen Heiratsantrag zu machen.

Was hältst du davon?"

Elise guckte ungläubig und erlitt einen Kollaps. Verständlich!

Nahezu jede Krähe in der Umgebung trägt die Sehnsucht nach Glück, also nach mir, in ihrem Herzen. Charmant, gutaussehend, umschwärmt und genial – kaum ein Junggeselle stellt einen ähnlich guten Fang dar wie ich.

Elise kam zu sich und blinzelte. Sie hatte Tränen in den Augen. Natürlich war ihr vollkommen klar, dass die Konkurrenz enorm groß war. Selig sind die, die erkennen, dass sie das große Los gezogen haben.

„Meinst du das im Ernst?", flüsterte sie zärtlich.

Hörte ich da die Hormone blubbern?

Mit lauter, anmutiger Stimme sagte ich „Selbstverständlich. Du siehst relativ gut aus, bist halbwegs gebildet und du hast dich in dem einen Jahr, in dem wir uns kennen, um mich verdient gemacht. Bitte nicht wieder ohnmächtig werden."

Elise seufzte und stammelte mit tränenerstickter Stimme. „Ich bin überglücklich."

Sie brach ab, von rauschhaftem Glücksgefühl übermannt, war sie nicht mehr in der Lage zu weiteren Worten. Mit meiner empathischen und einfühlsamen Art erlöste ich sie.

„Gut, das verstehe ich als Heiratsantrag. Ich habe selbstverständlich nichts Anderes erwartet und nehme an."

Sie kollabierte erneut.

Elise war schwach und zu aufgewühlt, um das leckere Frühstück, das ich bei Wilhelm organisiert hatte, zu genießen. Ich war gezwungen, die gehackten Walnüsse und die mit Schale gekochten Eier allein zu verspeisen. Lediglich von dem Traubensaft genoss sie einen kleinen Schluck.

Wie alle Rabenweiber war Elise nicht nur neugierig, sondern auch mitteilungsbedürftig. So war es nicht weiter verwunderlich, dass aus der nahen Eiche bei Heino bald klägliche Stimmen und bitteres Weinen zu vernehmen war. Ein schmerzvolles Wehklagen setzte ein. Die Damen, allen voran Annabella und die dicke Ricarda, rasten vor Eifersucht und Neid auf Elise. Sie weinten, schluchzten und jammerten. Robert und einige andere Männer hingegen frohlockten.

Chantal und Kevin, Schall und Rauch?
Als werdender Vater grübele ich schon lange über die richtigen Namen unserer zukünftigen Genies. Schließlich ist der eigene Name wichtig für die Identität und das ganze Leben. Ich bin es meinen Kindern schuldig, ihnen sozialverträgliche Namen zu geben. Ich teilte Wilhelm meine Überlegungen zu den Namen meiner Kinder mit.

„Du hast mir einmal von Begriffen wie „Chantalismus" oder „Kevinismus" erzählt." „Richtig, ich habe gesagt, Kevin sei kein Name, sondern eine Diagnose. Aber bei euch Vögeln ist das das nicht so entscheidend."

„Was soll das heißen, bei euch Vögeln? Sag doch gleich, ihr seid nur Vögel, Frechheit!"

„Ist ja gut, kein Grund, sich dermaßen zu echauffieren. Welche Namen hast du dir vorgestellt?" „Na gut, ich weiß, dass Erstgeborene im Durschnitt einen höheren IQ haben als ihre Geschwister. Ich bin ja auch als erster aus dem Ei geschlüpft."

„Ja", meinte Wilhelm, „das kann ich aus eigener Erfahrung bestätigen, ich bin ebenfalls Erstgeborener."

„Also, der erste Sohn soll Albert heißen, nach Albert Einstein, beim zweiten bin ich noch nicht ganz sicher." „Nenne ihn doch Isaac, nach dem berühmten Isaac Newton." „Das kommt überhaupt nicht in Frage, ein Engländer als Vorbild für einen deutschen Raben. Aber vielleicht Nikolaus, nach Kopernikus. Genialer Gedanke. Und der dritte sollte einen Philosophen als Namenspatron haben. Immanuel heißt mein Vater, aber wie heißt noch mal der andere, irgendetwas mit Keks, ich glaube Bahlsen."

„Nein, du meinst Gottfried Wilhelm Leibniz."

„Genau, Albert, Nikolaus und Gottfried, ja, das passt."
Wilhelms Frage kam wie ein Pistolenschuss. Und was, wenn es ein Mädchen wird?"

„Das entscheiden wir dann." „Nein, nein, Ludwig, sei konsequent.
Ich habe nämlich auch eine wunderbare Idee: Rabea!
Darin steckt das Wort „Rabe" und das „a" als Endung klingt sehr
feminin." „Perfekt, darauf hätte ich auch kommen können!"
„Tatsächlich heißt eine Freundin von uns Rabea."
„Aha, und sieht sie aus wie ich?" „Nein, sie sieht gut aus!"

Packhaus oder Biedermann und die Brandstifter

Artur, Kammersänger und guter Freud von Wilhelm und Luise,
der bei seinen gelegentlichen Besuchen die wechselnden Bewohner
des Hauses in der Nachbarschaft kommen und gehen sah, prägte
den Begriff „Packhaus". Luise meinte allerdings, dass es wohl
etwas übertrieben sei, die Bewohner als Pack zu bezeichnen.
Gleichwohl war auch sie der Meinung, es sei angemessen, sich zu
distanzieren und es nicht dem Herrn Biedermann mit seinen
Brandstiftern gleichzutun

An Faulheit litten sie keinen Mangel, die Bewohner des Packhau-
ses. Unordnung, Dummheit und Faulheit ist ein relativer Begriff.
Es gibt Menschen, die leben glücklich und zufrieden mit einem gewissen Maß an Chaos, das für andere unerträglich wäre.

Unordnung erzeugt Stress und beeinträchtigt das mentale Wohlbefinden, aber diese Erkenntnis hatte sich noch nicht bis Cindy und
Bert herumgesprochen. Ein schönes Zuhause ist ein menschliches
Grundbedürfnis. Für Betroffene des Messie-Syndroms gilt dies
ebenso. Jedoch sind einige aufgrund einer seelischen Störung nicht
in der Lage, ihre Handlungen an die Anforderungen des täglichen
Lebens anzupassen. Ob dies auch für die beiden zutrifft, weiß man
nicht.

Die Welt ist voller verblüffender Widersprüche. Manche sind sogar unauflösbar. Klassische Beispiele dafür sind das „Henne-Ei-Problem" (Was war zuerst da?). Paradoxien sind allerdings nicht nur unlösbare Probleme und logische Widersprüche ihrer selbst. Sie gibt es überall, auch in unserer Nachbarschaft. Cindy und Bert liefern den Nachbarn ständig Gesprächsstoff. Was tut sie den ganzen Tag, liegt sie von morgens bis abends im Bett, sieht sie stundenlang den niveaulosen als Talkshow getarnten Dreck im TV? Und könnte er nicht mal aufräumen? Warum haben sie keine Freunde und warum sieht man das Kind nicht?

„Aber, lieber Ludwig, sind wir nicht insgeheim froh, wenn nebenan keine Kinder spielen oder dass Bert uns mit seinem dämlichen Geschwätz nicht auf die Nerven geht? Asoziales Verhalten kann auch Vorteile haben. Und ganz nebenbei gewinnen unsere auch nicht perfekten Vorgärten im Vergleich zur Müllhalde bei Familie Krause immens."

Lebenselixier oder Folterinstrument

„Wilhelm, komm mal schnell hierher." Luise stand am Gartenzaun und fuchtelte aufgeregt mit den Händen in der Luft, als sei ein Raumschiff mit Außerirdischen gelandet. Wilhelm erhob sich und fragte mürrisch, was los sei. Luise war fassungslos. „Komm doch einfach mal her und siehe und staune", stammelte sie. „Oha!" Wilhelm war perplex. Es waren zwar keine extraterrestrischen Gestalten, aber ein fast ebenso seltener Anblick. Die sehr stämmige Cindy sammelte Hundekot in einem Eimer und der dumpfbackige Bert mähte den Rasen.

„Oha!" Wilhelm wiederholte sich. „Morgen kommen wahrscheinlich ihre Eltern zu Besuch." Luise nickte zustimmend.

Cindy und Bert, chaotische Nachbarn, waren Wilhelm und Luise zwar nicht gerade sympathisch, dennoch taten sie ihnen leid. Wilhelm glaubte erkannt zu haben, dass die beiden an einer seltenen Variante der Aerophobie oder Frischluft-Angst litten. Aber vielleicht litten sie garnicht, sondern genossen diesen sauerstoffarmen Dämmerzustand. Wahrscheinlich waren die Stubenfliegen ein hilfreicher Indikator. Wenn diese wegen Sauerstoffmangels von den Wänden fielen und alle Sechse von sich streckten, war es Zeit zu lüften. Hin und wieder wurde kurz die Tür geöffnet, um dem mopsartigen Wesen das Legen von Tretbomben zu ermöglichen. Mit dieser psychischen Störung geht auch meist eine Lichtphobie einher. Licht und Frischluft sind den meisten Menschen und Raben ein höchst willkommenes Lebenselixier und selbst Cindy und Bert kamen nicht ohne aus, schon garnicht bei körperlicher Tätigkeit.

Intelligenz – bis zum bitteren Ende?
War Wilhelm im letzten Jahr, also in meinem ersten Lebens- und Ausbildungsjahr, noch mein Lehrer und Förderer, so unterhielt ich mich jetzt auf Augenhöhe mit ihm. Ich merkte immer wieder, dass es Wilhelm schwerfiel, Konversation zu treiben mit einem ebenbürtigen, gewichtigen Gesprächspartner, dazu noch mit einem Vogel.
„Lieber Wilhelm, du hast mich gelehrt, sich mit Respekt und Würde zu begegnen, also behandle mich, wie auch du behandelt werden möchtest.

Freue dich über deinen Erfolg, denn du hast mir die „Goldene Regel" als Grundsatz der Ethik beigebracht."

„Es ist menschliche Arroganz zu glauben, der einzige intelligente Organismus auf der Erde oder gar im Weltall zu sein. Homo sapiens ist nicht die Krone der Schöpfung und andere Tiere haben genau die Intelligenz, die sie zum Überleben brauchen.

Wir Tiere, schon garnicht wir Raben, sind keine Verhaltensroboter und ihr menschlichen Tiere seid keine überragenden Intelligenzbestien."

„Natürlich hast du recht. Ich gebe zu, dass wir Menschen gegenüber euch Tieren unwissend und ungerecht waren. Das habe ich dir übrigens auch schon im letzten Jahr erklärt und sogar zugegeben."

„Ich bin Agnostiker und meine, dass es vermessen ist zu glauben, dass es im Weltall nicht vielfache und wahrscheinlich viel höher entwickelte Lebensformen gibt als auf unserem winzigen Planeten. Obwohl erwiesen und trotzdem immer wieder geleugnet, gibt es Flugobjekte, so genannte Ufos oder neuerdings Unidentified Aerial Phenomena (UAPs) genannt, die mit wahnsinnigen Geschwindigkeiten und für Menschen unmöglichen Flugmanövern unterwegs sind und nicht menschlicher Herkunft sind."

„Vielleicht gab es sogar auf der Erde weit vor 66 Millionen Jahren, als ein riesiger Asteroid die Saurier auslöschte, menschliche oder nicht menschliche Hochkulturen. Auch, wenn es absurd erscheint, kann nicht komplett ausgeschlossen werden, dass die Menschen nicht die erste hoch entwickelte Lebensform der Erde war."

„Ja Wilhelm, ihr seid so genial, dass ihr euch selbst und andere Lebewesen ausrottet."

Ich gebe zu, diese Äußerung war ironisch gemeint und vielleicht etwas gemein.

„Wie meinst du das?" Wilhelm kämpfte mit seinen Gefühlen.

Einerseits ärgerte er sich, von einer besserwisserischen Krähe in die Defensive gedrängt zu werden, andererseits war er stolz auf Ludwig und ihm schwante, dass der Vogel womöglich recht haben könnte.

„Lieber Ludwig, zu einem ordentlichen Disput gehört ein kühlendes Getränk. Ich nehme ein Mineralwasser, für dich ebenfalls?"

„Ja, diese Gespräche machen mich ebenfalls durstig." Wilhelm hatte sich gesammelt und holte zu einem verbalen Schlag aus.

„Bedenke Ludwig, dass zum Beispiel in Australien Katzen seit dem 18. Jahrhundert die schlimmsten Killer sind, noch gefährlicher als Ratten. Diese Mörder haben in „Down Under" mittlerweile 27 Beuteltierarten, unter anderem kleine Kängurus und diverse Reptilien ausgelöscht."

Ich grinste innerlich, obwohl die Fakten erschreckend waren und wohl auch stimmten.

„Und wer hat die Katzen dort hingebracht?!"

„Touché, Treffer!"

Ich glaube, Wilhelm war beeindruckt und bevor ich nachsetzten konnte, hob Wilhelm abwehrend die Hände und erklärte mir, dass den Menschen nicht zu helfen sei.

„Es stimmt, wir sind wahrscheinlich die einzige Spezies auf der Erde, die intelligent genug ist, sich selbst auszurotten. Wir tragen wirklich viel zu unserem Aussterben bei und das ist nicht schlau. Aber sind wir wirklich so intelligent wie wir glauben?

Ist es intelligent, uns für die Krone der Schöpfung zu halten oder ist es vermessen? Wir erheben den Anspruch, dass die Welt so ist, wie wir sie sehen. Aber vielleicht gibt es Dimensionen oder Lebensformen, die jenseits unserer Vorstellung liegen.

Was wissen Ameisen von uns Menschen? Warum sollten andere Lebensformen nicht in der Lage sein, interstellare Reisen zu unternehmen oder sogar neben uns auf der Erde existieren.

Wir sind nicht das Maß aller Dinge.

Klimawandel, Krieg, Flüchtlingskatastrophen und Übervölkerung - wieder einmal. Es gab bereits fünf bekannte große Massensterben und alles deutet auf eine sechste Katastrophe hin. Was Vulkanausbrüche, Eiszeiten oder unser CO_2-Ausstoß langfristig bewirken, könnte ein Atomkrieg mit einem folgenden nuklearen Winter beschleunigen. Noch größere Hungersnöte, kollabierte Nahrungsketten und vereiste Meere. Die Zukunft ist nicht rosig."

Ilse oder Die Menschen stolpern nicht über Berge, sondern über Maulwurfshügel ... Konfuzius

Wenn Bernhard nicht mindestens alle zwei Wochen zum Reponsieren, so nannte er den Drang, Erlebtes zu berichten, kam, so drohte er wie ein überdehnter Luftballon zu platzen. Es war wieder soweit und Bernhard, der gut durch den Winter gekommen war und nun etwa 140 kg auf die Waage brachte und damit beinahe das Kaliber einer bekannten deutschen Politikerin erreicht hatte, bat Wilhelm und mich in sein Gartenhäuschen. Er nannte es Waldstadion, weil man hier auch zuweilen gemeinsam Fußballspiele im Fernsehen anschaute. Bei einem Bierchen, ich bevorzugte stilles Mineralwasser, berichtete Bernhard von seinen Tätigkeiten der letzten Woche, insbesondere detailliert von Dachreparaturarbeiten bei einem Schützenbruder.

Wilhelm wagte eine Zwischenfrage.

„Wie war ...?"

„Behalte mal dein Wort!"

Na klar, Bernhard hatte seinen Zwischenspeicher noch nicht geleert und es sprudelte nur so aus ihm heraus. Er hatte zu Ende erzählt. „So!" Man sah ihm die Erleichterung förmlich an, so als ob es ihm gerade gelungen war, seine übervolle Blase unfallfrei zu entleeren. „Wolltest du eben was sagen?"

„Nein, nein, schon gut, nichts Besonderes. Gestern musste ich übrigens schmunzeln. Ich saß beim Frühstück als ich Rudolf bellen hörte. Er bellt nie ohne Grund, meistens sind es Fahrräder, deren Nutzer er nicht kennt. Er kennt viele nicht. Jetzt klang das Bellen aber nicht ärgerlich, sondern eher freundlich. Ich guckte aus dem Fenster und sah Ilse auf einem Fahrrad. Sie blickte zu Resi, die sie freundlich gegrüßt hatte.

Dabei kam sie aus dem Tritt und ihre Beine ruderten verloren in der Luft während die Pedale allein ihre Runden drehten. Das sah recht merkwürdig aus, aber es ist nichts passiert. Allerdings meine ich, bei ihr auf der Stirn eine große, rote Beule gesehen zu haben."

„Ja, mein Ilsmichlein stellt sich manchmal ziemlich paddelig an. Ich wundere mich auch immer, dass ihr nicht noch mehr passiert ist. Selbst hier zuhause ist es gefährlich. Gott sei Dank haben wir keinen Swimming-Pool oder Gartenteich, noch nicht einmal eine Pfütze, in der kleine Kinder oder auch Ilse selbst darin ertrinken können. Ob wir im Garten giftige Pflanzen haben, weiß ich nicht. Damit kenne ich mich nicht aus."

„Aber ich." Ich hatte die ganze Zeit geschwiegen, aber überzeugt von der hohen Vortrefflichkeit, mit der mich die Natur begabt hatte und dank meines Studiums der heimischen Pflanzenwelt war ich in der Lage, die beiden Unkundigen zu belehren. „Also z.B. Tollkirsche, Blauregen, Schierling oder auch Adlerfarn sind sehr giftig, auch für Vögel. Aber die habe ich hier noch nicht gesehen und Ilse isst ja auch ihre Blumen nicht." „Nein, das macht meine Ilse nicht, aber sie stolpert über alles Mögliche. Jedes Loch, ob von einer Wühlmaus oder von einem Grünspecht gegraben, stellt eine Gefahrenquelle dar. Und wenn sie nicht in ein Maulwurfsloch tritt, dann stolpert sie über den Maulwurfshügel. Ich habe ihr gesagt, sie solle beim Laufen genau gucken, wo sie hinläuft. Das macht sie auch, mit der Folge, dass sie neulich gegen einen Wäschepfahl gelaufen ist und sich die Beule am Kopf zugezogen hat, die du gesehen hast." Wilhelm grinste.

Ei, Ei oder Der Nachwuchs wirft sich in Schale

Raben haben neben der Leidenschaft der Nahrungs- und Getränkeaufnahme auch einen starken Trieb zur Fortpflanzung.

Biochemische Mechanismen wie Gefühle sowie der Wunsch, meine vortrefflichen Gene an zukünftige Generationen zu vererben haben mich veranlasst, Luises Drängen auf Nachwuchs nachzugeben.

Eigentlich waren wir noch etwas zu jung, aber ich war natürlich wie bei allen Dingen in meiner Entwicklung allen anderen weit voraus.

Es war Ende Februar und abgesehen von einzelnen Frühnebelfeldern bei uns im Moor war es seit Tagen sonnig und mild. Ich glaubte, den Frühling förmlich riechen zu können und ich beschloss, ein Nest zu bauen. Im Geiste plante ich eine stabile, mehrschichtige Konstruktion und setzte sie auch sogleich um.

Ich sammelte zusammen mit meinen Eltern, zu denen ich immer noch ein gutes Verhältnis hatte, die notwendigen Materialien. In der alten, knorrigen Eiche, in der auch meine Wiege gestanden hatte, baute ich hoch oben unsere Residenz.

Mit dicken Zweigen errichtete ich ein Skelett, welches ich von außen nach innen mit immer feineren Materialien wie Federn, Wolle und Pflanzenfasern auskleidete. Die Nestmulde legte ich sorgfältig und kunstvoll mit Stoffen, die ich bei Luise requiriert hatte, aus. Ich meldete abends Vollzug.

„Liebe Elise, das Nest ist fertiggestellt und Namen für unsere Kinder habe ich auch bereits ausgesucht. Wir können loslegen."
Eigenartigerweise glaubte ich, in ihrem Gesicht widersprüchliche Emotionen zu erkennen. „Wie kommst du dazu, über Namen zu entscheiden ohne mit mir darüber zu reden?"
Kein Wort der Bewunderung und Dankbarkeit für das vermutlich schönste und stabilste Nest in der Gegend. Stattdessen Gezeter und Gekreische über Vornamen, die ich mir mit viel Mühe erarbeitet hatte. Frauen, ob Vögel oder Menschen, sind undankbar. Um des Friedens willen teilte ich ihr mit, meine Entscheidung noch einmal zu überdenken.

Am nächsten Morgen flogen wir zu unserem Nest. „Wie gefällt dir mein Bauwerk, ungeheuer eindrucksvoll oder nicht?!" „Ja, ist in Ordnung." Ich hätte mir etwas mehr Begeisterung gewünscht, aber ich hatte keine Lust, mir die Laune verderben zu lassen.

„Also, frisch ans Werk, auf geht's!" Das üblichen Prozedere: Tätscheln, Kraulen, Schnäbeln, Menscheln, Eier legen.

Das Legen der Eier war natürlich die Aufgabe von Elise. Abgesehen davon, dass wir Hähne dazu nicht in der Lage sind, kann ich schließlich nicht alles allein machen. In den nächsten Tagen legte Elise vier grünliche, dunkel gesprenkelte Eier in meine kunstvoll gefertigte Nestmulde. Sie lagen ordentlich nebeneinander, übereinander geht es ja auch garnicht.

Die ca. zwanzig Tage und noch einmal einen Monat Nestlingszeit waren eine immens gefährliche Zeit.

Im kleinen Fichtenwäldchen in etwa 500 Metern Entfernung brüteten gefährliche, nachtaktive Waldohreulen in einem alten Nest meiner Verwandten. Um die Sicherheit von Elise und meines Nachwuchses zu gewährleisten, stellte ich einen Wachdienst zusammen.

Wie bei den Menschen gibt es auch bei uns Raben verschiedene Typen und Charaktere. Macher und Helfer, Pragmatiker und Querdenker, Dicke und Dünne, Intelligenzallergiker, Geistreiche und ein Genie, Schöne und Hässliche, Fähige und Unfähige und alle erdenklichen Kombinationen. Für meine Schutztruppe suchte ich drei Weibchen aus, die ja generell wegen ihrer Stutenbissigkeit und ihres oftmals intriganten und hinterhältigen Verhaltens bekannt sind.

Uschi, Annegret und Christine hießen die Auserwählten. Allesamt unfähig, aber wegen ihres medusenhaften Aussehens sehr abschreckend für Eulen und andere Zeitgenossen.

Corvicopter oder Aufklärung tut not

Wie unter guten Freunden üblich, wollte ich Wilhelm von meiner Lebensplanung berichten. Vom Nestbau, von den wunderschönen Eiern sowie von der Namensgestaltung, bei der Wilhelm mitgewirkt hatte. Natürlich wollte ich auch die Mühen zur Beschaffung der Lebensmittel zur Sprache bringen. Die Tür zum Esszimmer war halb geöffnet und ich wurde sofort hellhörig, als ich die Stimmen von Wilhelm und Luise vernahm.

„Ein wissenschaftlich gebildeter Rabe muss doch zu mehr nutze sein, als nur mir Unterhaltung und Zerstreuung zu bieten.

Wir müssen überlegen, wie wir seine außerordentliche Begabung nutzen können", sprach Wilhelm zu Luise. „Sein Gesang kommt bei unseren Freunden nicht so gut an und seine Gedichte sind auch nicht so erbaulich, als dass wir ihn öffentlich auftreten lassen sollten."

„Ja, das stimmt wohl, ich finde sein Gekrächze oder Gesang, wie du es nennst, auch schrecklich, genau wie unsere Freunde."

Ich gedachte, als ich Luises hanebüchenen und empörenden Worte vernahm, ihr bei nächster Gelegenheit die Augen auszukratzen. Aber das ließen meine geschliffenen Umgangsformen und die Etikette natürlich nicht zu. Ich dachte pragmatisch, dass sie mir noch nützlich sein konnte. Meine Zielstrebigkeit und Willenskraft gewannen Oberhand. Aber hatte ich mich auch in Wilhelm getäuscht, sah er in mir nur ein gewinnbringendes Spielzeug?

Ich klopfte an die halb geöffnete Tür zum Esszimmer. Luise räumte das Frühstücksgeschirr weg und Wilhelm begann, die Tageszeitung zu studieren. „Hallo Ludwig, was gibt's so früh am Tage?" „Ich habe nicht gelauscht, kam aber nicht umhin, deine impertinente Gattin zu hören. Was bildet diese Person sich ein, meinen herrlichen Gesang und meine brillante Poesie zu verunglimpfen. Das ist unverfroren und verletzend und ich lasse mir das nicht bieten.

Ist das klar?!"

Ich gestehe, die letzten Worte sprudelten mir etwas zu barsch und unfreundlich aus dem Schnabel. „Ludwig, mäßige dich! Luise ist nicht die Einzige, die deinen Gesang nicht schön findet und sie hat ein Recht auf eine eigene Meinung."

„Und was soll das heißen, ich solle euch zu irgendetwas nutzen. Bin ich etwa ein Lakai wie ein Esel oder ein Ochse?" „Natürlich nicht, aber ich habe mir etwas ausgedacht, was dir gefallen dürfte und uns allen nützen könnte. Du wirst unsere intelligente Drohne, natürlich freiwillig. Du bist genauso neugierig wie Luise, Erika und alle anderen Frauen." „Ich bin nicht neugierig, bestenfalls wissbegierig und aufgeschlossen."

„Das meine ich mit neugierig. Genau wie wir möchtest auch du immer informiert sein über alles, was bei uns passiert oder auch nicht passiert. Abgesehen von deinen Besuchen in deinem Geburtsbaum bist du schließlich hier auch zuhause. Wir sind eine Interessengemeinschaft. Wir, das sind auch unsere befreundeten Nachbarn.

Fernrohre, Foto- und Kameradrohnen, Multicopter und Quadrocopter sind zwar zur Überwachung geeignet, aber schwer zu bedienen, teuer und nicht überall erlaubt. Und, ganz entscheidend, sie sind dumm. Du aber kannst alles, was diese Geräte können, nur viel besser. Niemand kann dir verbieten, über sein Grundstück zu fliegen und ganz entscheidend ist die Tatsache, dass du ein funktionierendes Gehirn hast. Du entscheidest, wann, warum und wohin du fliegst. Würde es dir gefallen, die Gegend und einige komische Leute zu observieren, für uns alle, gleichsam als Corvicopter?"

Ohnehin gibt es nicht viele wie mich. Herausragende Köpfe, die dank ihres Charismas, kraft ihres Vorbilds und durch außergewöhnliche geistige Leistungen Millionen Menschen und Raben beeindrucken. Genau genommen bin ich der Einzige!

„Ja Wilhelm, du hast recht. Ich bin die Idealbesetzung für diese Mission und ich befürworte deinen Plan. Ich stimme zu trotz meiner immensen Mehrbelastung!" „Sehr gut, ich verstehe."

„Als kleinen Vorschuss bitte ich um einen Becher Fruchtjoghurt, Banane oder Erdbeere, das ist mir egal. Mindesthaltbarkeit noch drei Tage, wenn ich bitten darf. Für Elise nur das Beste."

„Selbstverständlich, ich gebe dir sogar noch für den Transport einen kleinen Eimer mit Henkel dazu. Die Termine und die zu überwachenden Regionen stimmen wir ab."

Die Idee, mich als Aufklärungsdrohne zu benutzen war bestechend. Ich konnte als Gegenleistung für meine Beobachtungs- und Überwachungsflüge hochwertige Nahrung für Elisa und meine Söhne verlangen. Gleichzeitig kontrollierte ich nicht nur mein Nest mit Frauchen und dem Nachwuchs, sondern ich überwachte auch, ob meine Flintenweiber ihre Aufgaben ernst nahmen.

Einerseits Wilhelms Erkenntnis, dass ich natürlich dank meiner überragenden Fähigkeiten eine ideale Besetzung für diese Aufgabe bin und andererseits mein Wunsch nach Unterstützung bei der Aufzucht meiner Kinder, veranlassten mich, der Bitte zuzustimmen. Ich beabsichtigte, mit dieser Aufgabe mit Riesenschritten meiner Vollkommenheit entgegen zu gehen und mich im wahrsten Worte hoch in die Lüfte zu erheben.

Neue Seilschaften oder Die Preise fliegen über den Markt.

Begeistert von meiner Eloquenz, mit der ich meine Angelegenheit zu Wilhelms Sache gemacht hatte, nahm ich den Eimer samt Becher in den Schnabel und flog zunächst in unsere Versammlungseiche. Ich wollte meinen Freunden und Neidern Gelegenheit geben, mich gebührend zu bewundern.

„Huhu, huhu", rief eine abschreckende, quäkende Stimme. „Hier bin ich" krähte sie. Es war Annabella, eine meiner vielen, bockigen Verehrerinnen. Sie hüpfte - ich gebe zu, relativ anmutig - auf einem dünnen Zweig wie auf einem Trampolin. Obwohl sie halbwegs gut aussah, war sie mir wegen ihrer Verlogenheit zuwider. Nachdem ihr klargeworden war, dass ich nicht zur Verfügung stand, hatte sie sich Robert, einem ebenso unsympathischen wie unfähigen Märchenerzähler gewidmet.

„Was hast du da?" „Nichts!" „Da ist doch was im Eimer", insistierte sie. Ich tat gelangweilt. „Och, das ist nur Joghurt für meine Familie. Ich hörte, wie Robert im hinteren Bereich der Eiche, die, obwohl noch nicht belaubt, erstaunlich grün schimmerte, über Futtermittel dozierte wie einst Obelix.

„Die Preise fliegen über dem Markt und ich liefere die Nachfrage."

„Aha!" Die kleine Schar der Krähen raunte Zustimmung und Bewunderung. Das klang alles so logisch, schlau und professionell, was der Wirtschaftsweise von sich gab, dass es stimmen musste. Nur der dicke Wollibald hatte den Mut, die Richtigkeit von Roberts Thesen zu hinterfragen. „Wenn wir drei Tage nicht essen, haben wir Hunger. Du hast Nahrung versprochen, nicht Nachfrage."

„Hört, hört!", riefen jetzt auch einige Zuhörer. „Also, wenn ihr drei Tage nicht esst, seid ihr nicht hungrig, ihr seid lediglich nicht satt", erklärte Robert mit einem überheblichen, süffisanten Grinsen.

Den Knaben muss ich im Auge behalten, dachte ich und wollte mich gerade verabschieden, als Irmgard, Gerda, Birgitt, Heiner, Anke und einige andere enge Freunde auftauchten. Es war allgemein bekannt, dass meine natürliche, edle Haltung und die damit einhergehende Großzügigkeit grenzenlos ist. Schenken und Teilen macht Freude. Teile und herrsche, das haben schon die alten Römer verstanden, dachte ich insgeheim. Aber ich gebe zu, dass ich trotz meines edlen Wesens Genugtuung empfand, als ich merkte, dass die hungrigen, nicht satten Zuhörer aus dem grünen Bereich neidisch herüberschielten. Es war natürlich auch ein wenig Berechnung dabei, in dieser Beziehung verhielt ich mich menschlich.

„Kommt alle herbei, Joghurt für alle", rief ich laut und temperamentvoll wie ein Königsberger Fischweib. Gewandt öffnete ich den Becher mit Bananen-Joghurt. Der Geschmack von reifen Bananen, diesen tropischen Köstlichkeiten, war den Moorbewohnern natürlich nicht bekannt. Aus dem Augenwinkel sah ich das sauertöpfische Gesicht von Robert, als auch seine Jünger erwartungsvoll - Bananen statt Nachfragen - zu mir kamen. Aber wie teilt man einen Becher für viele hungrige Schnäbel. Die entscheidende Idee hatte Gerda, die Naschkatze. Geschickt brach sie einen kleinen Ast in zwei Teile und bastelte so eine Art Besteck. Sie tauchte das Stäbchen in den Becher und leckte den Joghurt verzückt ab. Alle anderen imitierten die Erfindung. Die Herstellung und Nutzung von Werkzeugen war wieder einmal ein Beleg unserer hohen Intelligenz. Jauchzer, Triumphgeschrei, Frohlocken überall. Die Menge war begeistert. Ich war auch entzückt, Robert nicht!

Absturz

Waren das die Trompeten von Jericho? Das Zischen und Donnern eines scheinbar stürzenden Kometen erfüllte die Luft. Wo eben noch heiter gejubelt wurde, herrschte jetzt Panik und Verwirrung. Alle Köpfe richteten ihren Blick nach oben. „Der Himmel fällt uns auf den Kopf", schrien einige. „Quatsch, das ist ein Wetterballon", meinte Wollibald. Als einziger hatte ich – wer sonst – den Überblick.

„Deckung, volle Deckung!", befahl ich. „Das ist Ricarda."

Sie schlug ein.

Äste und Zweige brachen krachend entzwei und bremsten ihren Sturz. Ricarda, lang war sie nicht, aber breit und sehr gut genährt, guckte bedröppelt und verlegen aus den Augen. Sie war zwar auch eine Rabenkrähe, hatte aber eindeutig mehr Ähnlichkeit mit einer turbogemästeten Pute. Ricarda war bei uns allen nicht sehr beliebt, da sie ähnlich wie Robert allen die Welt erklärte, aber bisher noch nichts zum Gemeinwohl beigetragen hatte. Auch wir Raben kennen das teuflische Gefühl der Schadenfreude und trotz eines schlechten Gewissens sagte ich zu der Pute, „Du hast den Vorteil, dass du den Boden unter den Füßen nicht verlierst und nicht mehr tiefer fallen kannst."

Aber wie er ihr mit ihrem Aussehen gelingen konnte, derart schwindelnde Höhen zu erklimmen, aus denen sie abgestürzt war, konnte ich mir nicht erklären. Flugs verfasste ich ein Gedicht:

Ein Sausen, ein Brausen - mit viel Gewicht
verloren ist die Übersicht.

So töricht schaut Ricarda drein – und stutzt,
sie liegt am Boden - ist verdutzt,

Hier strotzt die Eiche - voller Saft;
da liegt Ricarda - ohne Kraft.

Der Sturz, infolge der Tonnage,
beschert ihr eine groß' Blamage.

Geburt

Wie ich aus eigener Erfahrung wusste, können Rabenküken und wahrscheinlich auch einfache Vogelküken ihre Umgebung wahrnehmen und darauf reagieren. Schon vor dem Schlüpfen kommunizieren sie mit ihrer Mutter und auch mit ihren Geschwistern. Diese Fähigkeit nutzte ich, um schon vor der eigentlichen Geburt mit der Erziehung meiner Söhne zu beginnen. Ich sang ihnen herrliche Arien vor, trug hier und da eines meiner poetischen Meisterwerke vor oder stellte einfache Rechenaufgaben, die ich auch gleich löste. Elise meinte, es sei ihre Sache, die Kinder auf die Welt vorzubereiten.

„Wer hat hier drei Wochen gesessen und gebrütet? Ich! Ich weiß, wie man mit Küken redet und was man ihnen vorsingt." Dass Frauen immer so keifen müssen. Auch wenn es nicht meiner

Würde und Erhabenheit entspricht, konnte ich mich tatsächlich auch ausfallend, zynisch und unmanierlich ausdrücken.

„Wer sitzt sich wochenlang den Hintern platt und lässt sich von mir füttern und umsorgen?" Ich gebe zu, bei der Ernährung von Elise erhebliche Vorteile durch meine Beziehung zu Wilhelm zu nutzen. Auch ist mir bewusst, dass Elise wie alle werdenden Mütter, ihre Küken schon vor dem Schlüpfen erkennen.

Von Ei zu Ei

Wir Raben nutzen spezielle Rufe und Bewegungen, um uns darüber abzustimmen, wann es Zeit wird zu schlüpfen. Ist ein Küken noch nicht so weit wie die anderen, wird gewartet. Manchmal zögern die Kleinen das Schlüpfen ein bis zwei Stunden hinaus. Außerdem warnen sie sich gegenseitig, wenn sie von draußen Gefahr wahrnehmen.

Es war Samstag, der 25. März. Ein schöner sonniger Tag, optimal geeignet für die Geburt hochbegabter Rabenküken. Meine Weisheit und Elises Anmut mussten zwangsläufig zu einem glanzvollen Ergebnis führen. Elise und ich saßen erwartungsvoll auf dem Nestrand und lauschten den Piepslauten in den Eiern. Das erste Ei fing an zu wackeln und es war ein zartes Knacken zu vernehmen. „Hör mal, wie Albert kämpft", sagte ich zu Elise.

„Es ist Rabea, nicht Albert, die eben mein banges Ohr durchdrang."

„Jetzt werde bloß nicht poetisch, woher willst du das wissen?" „Eine gute Mutter hört sowas." Es dauerte noch drei Stunden bis das erste Küken geschlüpft war. Die Geburt unserer Küken war etwas Erhabenes und Herrliches.

Das erste Küken war tatsächlich ein Mädchen. Blass, feucht und total erschöpft sah sie mit ihren strahlend blauen Augen wunderschön aus. Innerhalb der nächsten Stunden folgten dann endlich Klein Albert und Klein Nikolaus. Das vierte Ei war scheinbar ein faules Ei, hohl und nicht zu gebrauchen. Der arme Gottfried wurde nicht geboren.

Die Kleinen fingen sofort an, laut und jammervoll um Futter zu betteln. Andere nestjunge Vögel sind sehr viel leiser, denn sie können es sich nicht leisten, von Räubern und Fressfeinden entdeckt zu werden. Möglicherweise hat das laute Rufen uns das Attribut „Rabeneltern" eingebracht. Elise und ich beschützen natürlich unsere kleinen Genies aufopferungsvoll. Außerdem haben wir noch unsere Abwehrfurien, heute ist Annegret an der Reihe.

Ich glaubte, in Elises Augen ein Triumphgefühl entdeckt zu haben. Wahrscheinlich wusste sie schon lange, dass im ersten wackelnden Ei Rabea rumorte. Aber ich schlug zurück. „Erdbeer-Joghurt", rief ich triumphierend. „Ihr seid die ersten Raben auf der Welt, die sich an einem Fruchtjoghurt laben können."

Etwa 30 bis 40 Tage sollten vergehen, bis unser Nachwuchs flügge wird. Eine lange Zeit, in der ich mich aufopferte. Um sie artgerecht zu ernähren suchte ich Insektenlarven, Regenwürmer und Vogeleier. Ich hatte mich schon derart am menschliche Speisen gewöhnt, dass mir niederes Gewürm ekelhaft erschien, aber was tut man nicht alles für die Kinder.

Ich gestehe, hin- und hergerissen zu sein zwischen angestacheltem Ehrgeiz bei der Kindererziehung- und Ernährung und der Furcht, meine Bequemlichkeit bei Wilhelm aufgeben zu müssen.

Geburtstag

Ein Weib und drei kleine Raben, das war mir eindeutig zu laut und zu mühselig.

„Ich besorge Nachschub", teilte ich Elise mit und begab mich schnurstracks zu Wilhelm. Er saß mit Luise und seinem Sohn Julius auf der Terrasse. Julius war tags zuvor angereist um seinen Geburtstag zu feiern. Schon seit Tagen redeten Wilhelm und Luise über nichts Anderes als über Julius und die große Feier. Ich gebe zu, mich stark vernachlässigt gefühlt zu haben. Egal, jetzt, wo ich selbst Vater geworden war, hatte ich etwas Verständnis, schließlich war auch ich stolz auf meinen grandiosen Nachwuchs.

„Guten Tag!" Artig und höflich begrüßte ich die drei. Julius erkannte mich sofort und schien erfreut.

„Du störst", raunte Luise. „Lass ihn doch mal berichten", Wilhelm war neugierig. „Wie geht's voran mit den Eiern?" Na endlich, jetzt war ich an der Reihe.

„Ihr könnt mich beglückwünschen zu drei gesunden, gutaussehenden und wahrscheinlich sehr begabten Kindern."

„Herzlichen Glückwunsch!" Alle drei, selbst Luise schienen erfreut über diese gute Nachricht. „Aber wieso drei, waren es nicht vier Eier?" „Ja, das stimmt, leider war ein Ei schlecht." „Das kommt vor, aber drei von vier Eiern ist eine gute Quote. Das vierte war wohl ein sogenanntes Giffei", meinte Wilhelm schmunzelnd.

„Höre Ludwig, da deine Kinder am gleichen Tag wie ich Geburtstag haben, verstehe ich mich als Pate. Heute haben wir tatsächlich wenig Zeit für dich, aber für deinen Nachwuchs schenkt meine Mutter dir in meinem Namen eine Portion Quark. Quark enthält hochwertiges Eiweiß und Kalzium und ist daher sehr gesund."

Julius sah Luise fordernd an und sie verstand. Dank meiner guten Kinderstube wusste ich, was sich gehört und ich verabschiedete mich.

„Vielen Dank und heute Abend wünsche ich euch viel Spaß!"

Der Hobbit oder Probier's mal mit Gemütlichkeit.
Julius hatte mir einmal bei seinem letzten Besuch erzählt, dass er bei seinem Vater einige Ähnlichkeiten mit einem Hobbit ausgemacht habe. Seine Höhle im Örtchen Worpswede sei eine behagliche Behausung mit vielen Annehmlichkeiten wie zum Beispiel einer immer gut gefüllten Speisekammer und eines Kühlschranks, deren Befüllung seiner Ehefrau Luise oblägen. Außerdem liebe er es gemütlich und beschaulich. Wilhelm könne als typischer Vertreter des Geschlechts der Hobbits gelten. Das Rauchen habe er sich zwar abgewöhnt, jedoch genieße er es, auf der Terrasse zu sitzen und ein Bierchen zu trinken, oder auch drei.

Diese Einschätzung kann ich als einer seiner besten tierischen Freunde bestätigen. Wilhelm hat mir einmal erklärt, er nenne es Cocooning. Es sagte, es gehöre zu seinem entspannenden Lebensstil, es sich zuhause so behaglich wie möglich zu machen. Übrigens gedenke auch ich, mein Nest sowie meine „Villa Meisenschreck" ebenfalls zu einer Wohlfühloase zu gestalten.

Trotz der Neigung zu einem angenehmen Leben waren Wilhelm und Luise durchaus sparsam. Sie stellten im Hochsommer die Heizung aus, um im Winter mit gutem Gewissen genug Energie für wohlige Wärme zu haben. Wilhelm verzichtet sogar auf warmes Bier, er trinkt es kalt. Vorbildlich!

Natürlich war es ein Gebot der Höflichkeit, Wilhelm und Julius nicht weiter zu stören, aber meine Neugier musste befriedigt werden. Ich setze mich auf einen großen Ast in der Birke vor dem Haus und parkte den kleinen Eimer mit Quark neben mir. Der Quark schmeckte vorzüglich. Lange musste ich nicht warten, denn noch am frühen Nachmittag fuhr ein Taxi vor. Mariechen und ihre Schwester Cora, zwei bildhübsche Frauen sowie Miguel, frischgebackener Gatte von Mariechen, stiegen aus, um sich bei uns für zwei Tage einzunisten. Ich beschloss, dass ich meine Noblesse und meinen Liebreiz den Damen nicht vorenthalten sollte und begab mich flugs – im wahrsten Sinne des Wortes - an die Haustür. Alle drei kreischten, wahrscheinlich vor Begeisterung, denn sie mussten schon von mir gehört haben. Jetzt saß er vor ihnen, der Leibhaftige, der Genius höchst selbst.

Für Julius würde ich noch ein Geburtstagsständchen komponieren. Höchste Zeit, um mich meinem eigenen Nachwuchs zu widmen. Dummerweise war der Quark weg.

Julius trat vor die Tür, um seine Gäste zu begrüßen. Ich sah wohl etwas betreten aus, denn er sagte, „Na, konntest du dich nicht beherrschen. Aber das kenne ich von meinem Vater, gib mir den Eimer, ich fülle ihn erneut für deine Sprösslinge."

Der Edelmut von Julius sprach ebenso für seine gute Erziehung als auch für seine Eltern. Auch ich war von ihnen zu einem äußerst gebildeten, ehrwürdigen und hoch geachteten Raben erzogen worden, so dass man sagen konnte, Julius war mein Bruder im Geiste. Apropos Bruder, vielleicht sollte ich eine Bruderschaft bilden, kam mir spontan in den Sinn.

Auf dem Weg zu meiner Angetrauten und meinen Kindern flog ich einen kleinen Umweg zu meiner Stammeiche. Die Menge sah mich und meinen Eimer und johlte vergnüglich. Da saßen meine Freunde dicht zusammen. Nur Ricarda hockte allein auf einem starken Ast, was der Tatsache geschuldet war, dass meine Freunde Angst vor einem Abbrechen des selbigen hatten. Huldvoll verteilte ich etwas Joghurt, achtete aber dieses Mal darauf, genug für meine Familie zu behalten.

„Wo ist eigentlich Robert?" Mir war eine gewisse angenehme Stille ohne den aufgeblasenen Oberlehrer aufgefallen. Die Rabenbande kicherte, als Heiner antwortete. „Der ist bei den Kühen und will ihnen das Pupsen und Furzen ausreden wegen des Klimas."

Cognito, ergo sum oder „Das sehe ich anders."

„Mein verehrter Ludwig, das Zitat „Ich denke, als bin ich" stammt vom Philosophen René Descartes. Er geht davon aus, dass alles, was der Mensch wahrnimmt, angezweifelt werden muss und dass unsere Sinneswahrnehmungen täuschen können. Nur weil der Mensch die Welt so sieht, wie er sie wahrnimmt, heißt nicht, dass die Welt tatsächlich auch so ist. Vielleicht seht ihr Vögel oder auch die Fliegen mit ihren Facettenaugen die Welt ganz anders. Die Wahrnehmung kann auch durch einen bösen, hochprozentigen Dämon beeinflusst sein.

Ich weiß, lieber Ludwig, dass ihr Vögel ebenso wie wir Menschen sehen, hören, riechen, schmecken und tasten könnt, vieles sogar viel besser als wir. Einige von euch, allerdings nicht ihr Raben, haben auch ein Sonnen und einen Magnetkompass, z.B. die Fernreisenden wie Zugvögel, aber auch Brieftauben."

„Das weiß ich alles, ich bin ja selbst ein Vogel. Wir können Dinge, die vielen von euch schwerfallen. Wir können einzelne Personen, Raben und Wölfe am Gesicht identifizieren. Wir können unsere Erfahrungen sogar an andere Kameraden weitergeben.

Wenn wir durch einen dichten, unübersichtlichen Blätterwald fliegen, sehen wir jedes einzelne Blatt nuanciert, wo ihr nur ein grünes Durcheinander seht. Unsere Welt ist bunt, manchmal auch nur grün."

„Ja Ludwig, ich weiß. Unsere Welt ist in vielerlei Hinsicht auch grüner als mir lieb ist. Aber ich meine, dass unsere Sinne nicht unbedingt die vollkommene Realität wiedergeben. Das Gehirn verarbeitet und interpretiert Wahrnehmungen. Auch die Raumzeit und deren Krümmung können wir nicht wahrnehmen. Unser Gehirn verschweigt uns sogar das Vorhandensein unserer Nase, obwohl sie prominent mitten im Gesicht sitzt. Und unsere Augen sehen alles falsch herum, denn alles, was wir sehen, kommt erst einmal falsch herum auf der Netzhaut an. Die Netzhaut ist so eine Art Filmleinwand hinter der Linse in der Pupille. Wir haben uns als Menschen so entwickelt, dass wir die für uns wesentliche Umgebung erkennen, aber jeder Mensch nimmt die Welt etwa anders war. Ich weiß nicht genau, was Descartes gemeint hat, aber ich sehe es so."

„Ich bin zwar kein Philosoph, aber ich glaube nicht, dass der Franzmann die Fähigkeiten der Sinne gemeint hat. Du hast mir beigebracht, die Welt sei eine komplexe Konstruktion. Wir können sie als Ganzes nicht sehen, hören oder schmecken. Aber wenn ich eine kleine Blaumeise sehe, kann ich sie im Geiste sehr wohl schmecken, während ihr Menschen sie nur niedlich und süß findet.

Und ein kleiner Wurm oder eine kleine Blattlaus würde beim Anblick der riesigen Monstermeise weder das eine noch das andere empfinden.

Aber das ist mir alles viel zu theoretisch, wie wäre es mit einem kleinen Imbiss?"

Gefiederpflege
Personen, die auf Sauberkeit und Hygiene keinen Wert legen, nennen die Menschen Dreckspatz, Schmutzfink oder auch Dreckschwein. Das nenne ich eine Schweinerei, um im Bild zu bleiben. Ich bin nicht der Anwalt von Schweinen und anderen Tieren, aber ich empfinde es als „Sauerei" diese als dreckig darzustellen.

Wir sind sauber, das Gefieder ist für uns Vögel überlebenswichtig. Die Federn werden sorgsam gepflegt, damit sie bis zur nächsten Mauser intakt bleiben und ihre Funktionen beibehalten. Zu den Funktionen gehören das Fliegen und das Schützen des Körpers vor Nässe und Kälte.

Deckfedern bedecken den Vogelkörper und schirmen die feinen Daunen vor Feuchtigkeit und Schmutz ab. Schwungfedern bilden die Tragflächen unserer Flügel und ermöglichen das Fliegen. Steuerfedern bilden den Schwanz der Vögel und ermöglichen ebenfalls das Fliegen sowie die Steuerung während des Fluges. Wir imprägnieren sogar unser Gefieder mit einem wasserabweisenden Fett, das unsere Bürzeldrüse bereitstellt. Körperpflege bzw. Gefiederpflege, Fremdputzen, teilweise auch Gefiederkraulen ist bei uns Raben ein häufiges Komfort- und Sozialverhalten. Es ist uns ein Bedürfnis.

Wilhelm sagt, es gebe mehr dreckige und ungepflegte Menschen als schmutzige Vögel und Schmutz sei soziale Taktlosigkeit.

Die Enten bleiben draußen.

Ich saß auf unserer Terrasse und widmete mich meinem wunderschönen, schwarzen Gefieder. Feder für Feder zog ich durch meinen Schnabel, entfernte Schmutzpartikel und fettete sie ein. Aus dem Augenwinkel sah ich eine Bewegung. Glücklicherweise kein Habicht, auch keine der tollpatschigen Tauben, die mit ihrem Gefiederpuder den Teich verschmutzen. Es war ein Stockentenpaar. Der Erpel mit seinem grün schillernden Kopf war recht ansehnlich während das Weibchen unscheinbar aussah. Beide fingen sofort an zu gründeln, indem sie nach vorn kippten und mir ihr Hinterteil vor den Schnabel hielten. Diesen Affront konnte ich nicht dulden. Ich herrschte sie an und befahl den beiden, unverzüglich zu verschwinden.

Für einige Sekunden glotzten sie mich blöd an, dann verschwanden sie. Der Teich blieb sauber, mein Gefieder auch.

Alte Kameraden

Ich begrüßte die Herren mit dem hier üblichen „Moin!" Bei den Damen grüßte ich mit angenehmen Gebärden und verbindlichen und wohlgesetzten Reden etwas höflicher. Marie, Sabine und Inge, alle drei waren durchaus ansehnlich und soweit ich das bisher beurteilen kann, von freundlichem Wesen. Es wird ein göttlicher Tag vor sakraler Kulisse werden.

Blauer Himmel über mit goldgelbem Göttertrank gefüllten Gläsern und als Kontrast ein Glas Rotwein.

Wilhelm und Luise hatten zum Grillen eingeladen. Die Gäste, Hendrik und Wolfi waren etwa gleichaltrig, spielten früher zusammen mit Wilhelm Fußball beim glorreichen F.C. Worpswede und hatten dank ihrer Qualifikation durch die Gnade der frühen Geburt einen gemeinsamen Lieblingsverein, den HSV, der 1960 mit Uwe Seeler Deutscher Meister geworden.

Heinzi war einige Jahr jünger, spielte nie Fußball und hatte nur theoretische, also gar keine Ahnung. Folglich war auch nur der SV Werder Bremen sein Lieblingsverein. Aber auch Wilhelm musste zugeben, bei der sonst sehr erfolgreichen Erziehung seines Sohnes Julius einmal schändlich versagt zu haben, denn auch Julius war Werder-Fan. Da die Herren bis auf Wolfi auch gemeinsam einen Formel-1-Club gegründet hatten, gab es genug Gesprächsstoff.

Nachdem ich im letzten Jahr einer Fußballübertragung mit Wilhelm und seinem Nachbarn Bernhard beiwohnen durfte, hatte ich an dem Spiel mit so vielen eigenartigen, tätowierten Gestalten nicht das mindeste Interesse. Es ging mir, einem seriösen und gebildeten Raben, am Bürzel vorbei. Über Autorennen zu hören, war sicherlich spannender für ein wissbegieriges Genie.

Wilhelm hatte schon mehrfach von früheren Zeiten erzählt – alte Leute leben scheinbar gern in der Vergangenheit - so auch von seinen Fußballerlebnissen bei den Worpsweder Kickern. Dabei gab er zu, nicht ein filigraner Techniker, sondern eher Grobmotoriker gewesen zu sein. Nachdem seine Freizeit durch die Tätigkeit im Einzelhandel begrenzt war und er sich hin und wieder mit uneinsichtigen, total verblödeten Schiedsrichtern auseinandersetze und diese aus Mangel an Argumenten die Diskussion mit einer „Roten Karte" zu beenden pflegten, hängte er seine Uwe-Seeler-Fußballschuhe an den berühmten Nagel. Auch Hendrik, der generell nur im Sommer spielte, war beruflich stark eingespannt und hörte ebenfalls mit dem Spiel auf. Lediglich Wolfi, der wohl auch der beste Spieler von den Dreien war, blieb dem aktiven Fußball treu. Ich glaubte, meinen Ohren nicht zu trauen, als Wilhelm zugab, nicht der Beste gewesen zu sein. Schließlich war er immer und überall der Beste, behauptete oder glaubte er jedenfalls.

Ein intuitiver Hauch von Freude und eine schöne Vorahnung durchströmte Wilhelm, als er fragte „Was möchtet ihr trinken?" Wilhelms Frage an die Herren, allesamt begnadete Biertrinker, war natürlich rein rhetorischer Natur. Entsprechend fielen die Antworten aus. Hendrik wünschte Milch zu trinken, Heinz fieberte nach einer Flasche Grappa, aber bitte mild, fruchtig und langanhaltend im Abgang und Wolfram gab sich bescheiden und bat um ein Glas Wasser.

„Alles klar, kommt sofort!" Die Kühlung der Bierzapfanlage brummte verlockend und Wilhelm zapfte kunstvoll je ein Glas Bier mit einer wunderbaren Blume. Selbst Sabine und Marie konnten dem inspirierenden Anblick und dem Ausblick auf einen sinnlichen Genuss nicht widerstehen. Luise trank ein Glas mit gekühltem

Chardonnay. Wilhelm frohlockte und sagte schlicht „Prost!" und zu Heinz gewandt „Dein Amarone della Casa wird nach dem Essen kredenzt – für einen guten Abgang."

Ich hatte mich hinter dem roten Ahorn am Teich versteckt, um zu hören, ob und was über mich gesprochen wird. „Wo ist denn dein vortrefflicher Rabe?" In Hendriks Stimme schien etwas Übermütiges, Verhöhnendes zu liegen. Immerhin nahm man von mir Notiz.

„Ludwig geht seit einiger Zeit eigene Wege, aber gerade eben habe ich ihn noch gesehen", sprach Wilhelm. „Nimm es mir nicht übel, aber ein Vogel mit Fähigkeiten, wie du sie beschreibst, kann es nicht geben."

„Ludwig ist kein gewöhnlicher Vogel, er ist ein Rabe."

Ich bewunderte Wilhelm für meine Verteidigung. Hendrik gab nicht nach. „Ich fürchte, er ist abends bei den Zusammenkünften in den Bäumen dabei, wo sie alle ihr Unwesen treiben und ihr schreckliches Geschrei, dem es an Harmonie und Melodie mangelt, ertönen lassen und es auch noch Musik nennen. Dein Vogel hat wahrscheinlich eine Stimme wie ein Bierkutscher."

Als ich mich und meine Brüder derart verkannt und verunglimpft sah, entfloh mir unwillkürlich ein durchdringender Schrei. Ich verließ mein Versteck und sprang mit einem sehenswerten Satz empört auf den Tisch. Die Frauen kreischten und die Herren brachten ihre vollen Biergläser in Sicherheit. „Ist das der gesittete Vogel, der lesen und komponieren kann, ist das der geistreiche Philosoph?" Hendrik, aber auch alle anderen fingen herzlich an zu lachen.

Dem Treiben mit offener Gewalt zu begegnen hätte meine Situation nur verschlimmert. Ich hielt einen leichten, würdevollen Trotz für die angemessene Haltung und verließ die Runde.

Die Herren unterhielten sich weiter über die Versager in der deutschen Fußball-Nationalmannschaft sowie die noch peinlicheren Vertreter ihrer Regierung. Die Damen hingegen lauschten anfangs den Herren, teils aus Höflichkeit, teils aus Bewunderung, bevor sie sich ihren eigenen Themen widmeten und über dies und jenes tratschten. Da es noch keine Enkelkinder gab, mussten so banale Dinge wie Mode oder Kochrezepte herhalten.

Da Schmollen nicht zu meinem geradlinigen Charakter passte, kehrte ich nach einer kurzen Zeit zurück. In nur einer halben Stunde, die ich abwesend war, hatte sich einiges geändert. Die Damen redeten erfreulicherweise leise, was nicht unbedingt ihrer Natur entspricht während die Herren undeutlich murmelten, sich aber prächtig verstanden.

Die Augen der Herren schimmerten bereits feucht und das Gesicht von Wolfram hatte eine erstaunliche Metamorphose durchgemacht. Mit seinem zweiten Gesicht hatte er eine frappierende Ähnlichkeit mit Freddie Frinton. Selbst seine kaum verständliche Aussprache erinnerte stark an „The same procedure as last year, Miss Sophie?" Wilhelm und Heinzi hatten sich selbstverständlich angepasst und klangen so ähnlich. Nur Hendrik war scheinbar unbeeindruckt, allerdings hielt er seinen linken Arm wie einen Kleiderbügel, was Inge veranlasste, nach einem Taxi zu verlangen.

Zuvorkommend fragte ich in die Runde, ob ein kleines Ständchen gewünscht sei. Von „lieber nicht" bis „Um Gottes Willen" waren alle möglichen Kränkungen dabei. Lediglich Sabine schien kultiviert genug für meinen Gesang. „Gern, ich liebe Musik." „Nein!", Wolfram sprach ein Machtwort.

Die Herren berichteten über ihre Urlaubspläne. Hendrik und Inge planten eine Tour durch Kanada, Heinz und Marie zog es in die Südsee, weil Heinz glaubte, in einem früheren Leben ein Fidschi-Krieger gewesen zu sein und Wolfram und Wilhelm wollten in Worpswede bleiben. Kanada, Südsee, Worpswede, alles traumhafte Ziele. „Das Einzige, was ich bei uns vermisse, sind die nur spärlich mit Blumengirlanden bekleideten Hula-Mädchen," bemerkte Wilhelm und Hendrik erlaubte sich zu grinsen, was ihm einen Ellbogenstoß von Inge einbrachte. „Pah, aus dem Alter seid ihr doch lange raus," waren sich die Damen einig.

Verkannte Genies
Meine wundervolle Stimme wurde verschmäht, die Gespräche waren für einen Raben mit meiner klassischen Bildung zu banal und oberflächlich. Die Mitglieder der Grillrunde waren durchaus sympathisch, an die Ignoranz oder gar anfängliche ablehnende Haltung hatte ich mich bereits gewöhnt. Schon im vorigen Jahr bei meiner ersten Teilnahme am Grillfest mit unseren Nachbarn musste ich mich verhöhnen lassen.
Mittlerweile war ich souverän und stand über den Dingen. Intelligente, kreative, innovative und gesangsbegabte Raben entsprechen nicht der Norm. In der Geschichte gibt es viele Beispiele für verkannte Genies. Herman Melville, dem Autor von „Moby Dick" sagte man nach, er habe einen Dachschaden und sein Werk wurde als „schlampig hergestellte Mixtur" abgetan. In Worpswede war es Paula Becker, die ihre Mitbürger schreckte. Sogar ihr Malerkollege

und Gatte Otto Modersohn fand ihre Bilder primitiv. Ich war also in bester Gesellschaft.

Für mich gab es hier nichts zu holen und ich hob schwungvoll ab zu einem abendlichen Höhenflug. In der Nachbarschaft war es angenehm ruhig, so dass man bei der Runde bei Luise und Wilhelm schon vergleichsweise von Lärm sprechen konnte. Allerdings war, wie alles bei mir, auch mein Gehör sehr gut ausgebildet.

Ich übernachtete in meiner Privatvilla und grübelte. Irgendetwas Störendes hatte sich bei mir im Unterbewusstsein eingeschlichen. Ich kam nicht darauf, es dauert immer ein bisschen, bis mein Unterbewusstsein neue Informationen oder Gehörtes verarbeitet. Einige Sachen findet die Psyche generell nicht sehr wichtig, aber irgendetwas Verstörendes, beinahe Beleidigendes nagte an ihr. Versuche, an nichts zu denken, dachte ich. Aber geht das, an nichts denken. Ich konnte mir bei einigen Zeitgenossen, sowohl bei Raben als auch bei Menschen, durchaus vorstellen, dass sie in der Lage waren, nicht zu denken. Bemerkenswert oder einfach nur traurig.

Da, da war er, der Gedankenblitz. Kurz und schnell. Ich bemühte mich, den Inhalt zu ordnen und nicht zu vergessen. Ich sah die Ungeheuerlichkeit direkt vor mir und die Erinnerung war wie eine Befreiung:

Wilhelm sprach von Rabea. *„Aha, und sieht sie aus wie ich?"* *„Nein, sie sieht gut aus."*

Erstaunlich, dass mir diese Impertinenz nicht sofort aufgefallen war. Das würde ich mir merken.

Wer bin ich - und wenn ja, seit wann?

Möglicherweise hatte der kleine Heinz nach der Literatur über Menschenfresser in der Südsee einen prägenden Traum, der ihm vorgaukelte, in einem früheren Leben ein Fidschi-Krieger gewesen zu sein. Die Fidschi- Seele sei nach einer langen Reise durch Zeit und Raum bei Heinzi angekommen.

Abgesehen von total unterschiedlicher Haut- und Haarfarbe, der differenten Statur und Körpergröße ist seine Ähnlichkeit mit den Nachfahren der Kannibalen bemerkenswert. Heinz bevorzugt jedoch Schweine- und Rindfleisch und ist auch einer gut gewürzten Bratwurst nicht abgeneigt. Seelen sind zwar keine knetbare Masse, können aber möglicherweise Sitten und Vorlieben im Laufe der Jahrhunderte modifizieren, vielleicht sogar die Hautfarbe oder wie Hippocrates sagt „Die Seele ist das gleiche in allen Lebewesen, obwohl jeder Körper anders ist."

„Mein lieber Ludwig, ich glaube nicht an Reinkarnation, Seelenwanderung oder Wiedergeburt, aber ausschließen möchte ich nichts."

„Weißt du denn, wer du in einem früheren Leben gewesen sein könntest?" „Ich habe eine Ahnung, aber ich möchte nicht zu viel erzählen, sonst könnte man mich der Blasphemie bezichtigen. Soviel sei gesagt. Ich sehe mich durch eine große Wüste wandern und ich zimmerte Ziegenställe, hielt großartige Reden und ließ mich auch mal hängen."

„Ja gut, aber wenn du als Tier wiedergeboren werden solltest, würdest du sicher als Rabe leben wollen." „Ich muss dich enttäuschen, lieber Ludwig. Das Beste, was mir als Tier passieren könnte, wäre als Hund bei Resi und Gerhard residieren zu können, oder auch bei

Käthe und Bart. Dumm nur, dass alle vier so gern spazieren gehen." „Ja, ich verstehe, aber nur Fressen und Herumliegen ist ungesund, das solltest du am besten wissen."

Inspektion

In der Frühe, es war ein wunderschöner Frühlingstag mit angenehm milden Temperaturen, wollte ich meinen schon bald flügge werdenden Nachwuchs besuchen und dies mit einem Aufklärungsflug verbinden.

Pünktlich zum Frühstück klopfte ich bei Wilhelm an der Scheibe, das Rührei sah verlockend aus. Wilhelm ließ mich ein und bat mir eine Stuhllehne als Sitz an, die er vorher mit einem Lappen geschützt hatte, ich fragte mich nur, wovor. Mit dem Zeigefinger vor dem Mund bedeutete er mir, einen Augenblick still zu sein. Er wandte sich Luise zu.

„Meine liebe Luise, folgendes habe ich heute Morgen, während du noch schliefst, überlegt und beschlossen. Erstens: Ich bin genügsam, darum möchte ich heute Mittag nur Koteletts, natürlich ohne Fett und mit allem Drum und Dran, du weißt ja, wie ich es mag.

Zweitens: Heute Abend möchte ich mit Gerhard und Resi ein Fässchen Bier aus seiner westfälischen Heimat trinken und du darfst dabei sein.

Ferner habe ich mir überlegt, dir zu gestatten, die Terrasse zu erneuern. Wie findest du das, großzügig, oder?"

„Ja, ja. Wenn du meinst. Ich fahre einkaufen!"

„Nun, Ludwig, was führt dich hierher, abgesehen von dem leckeren Rührei?"

„Wie du weißt, bin ich als fortschrittlicher und überaus sozialer Rabe nicht im Geringsten nachtragend. Und um mein psychisches Wohlbefinden nicht zu schaden, habe ich Konfliktlösungsstrategien entwickelt, um mit den vielen Schmähungen und Beleidigungen, die mir als Rabe widerfahren, umzugehen.
Kurz gesagt, ich verzeihe dir, aber es soll nicht heißen, dass ich deine Aussagen gutheiße."
„Worum geht es denn?!"
„Tu nicht so scheinheilig. Auf meine Frage, ob eure Freundin Rabea aussieht wie ich, meintest du, nein, sie sähe gut aus. Das impliziert, dass ich nicht gut aussehe!"

„Du bist ja doch nachtragend, aber ich habe es nicht so gemeint. Natürlich ist kein Mädchen auf der Welt auch nur annähernd so hübsch wie du."

„Sehr gut, abgehakt." „Ich wusste, du bist einsichtig!"

„Nach dem Frühstück möchte ich einen Corvicopter-Aufklärungsflug durchführen. Übrigens sind meine Kinder beinahe flugfähig. Sie brauchen momentan viel Kraft und Energie, genau wie ich. Hast du irgendwelche Wünsche bezüglich der Route?"
„Ich verstehe, für deine Flugschüler packe ich dir einen Fresskorb und bringe ihn wegen des hohen Gewichts direkt zu deinem Stammbaum. Dort hänge ich die Delikatessen an einen der unteren Äste zum Schutz gegen Wölfe, Schweine, Füchse und Ricarda. Die Route überlasse ich dir. Auf jeden Fall solltest du unsere Nachbarn im Packhaus kontrollieren, aber dezent."
Ich beschloss, zunächst am Nachmittag meine Familie zu besuchen. Aha, meine Eltern Agnes und Immanuel - mit der Geburt meiner Kinder mutierten sie zu Oma und Opa - waren bereits eingetroffen.

Sie hatten meine Leckereien schon entdeckt und freuten sich über den immensen Appetit der gierigen kleinen Leckerschnäbel.

Wilhelm hatte sich selbst übertroffen. Heidelbeeren, Himbeeren, Apfelscheiben, Birnenstückchen, Gurkenscheiben und sogar Rindermett ohne Salz und gekochte Eier.

Mit dem Fliegen klappte es noch nicht ganz, es reichte aber schon zu kleinen Hüpfern. Klein Albert war offensichtlich extrem verfressen und verwegen. Er drängelte, schubste- und fiel. „Macht nichts", sagte Opa. „Wir helfen Elise bei der Fütterung am Boden, macht euch keine Sorgen."

Ich wusste, dass ich mich auf sein Wort verlassen konnte und flog zu meiner Eiche. Eigentlich gab es dafür keinen vernünftigen Grund, allerdings war ich eitel genug, um meinen Freunden von dem überaus üppigen Präsentkorb zu berichten. Speziell für Roberts Ohren erwähnte ich nebenbei die riesige Menge an Fleischspeisen, wobei ich ein wenig übertrieb.

Anton

Beginnen wollte ich meine Inspektion bei dem unangenehmen Schrat Heinz Erbsacker. Blöderweise war es dabei, seine Hecke zu schneiden. Die Dumpfbacke erkannte mich sofort und schrie in seiner unmanierlichen Art und Weise. „Hau bloß ab, du Hühnerdieb, sonst erschieß ich dich."

Hühnerdieb? Es waren lediglich zwei kleine Küken, die die Ehre hatten, von mir verspeist zu werden, dachte ich und begab mich auf sein Niveau, indem ich ihn laut anschrie.

„Schnauze! Ich denke, du bist ein harmloser Idiot, aber ich will ganz offen sein, Wilhelm und viele andere denken nicht so positiv über dich."

Gegenüber saß Anton vor seiner Hütte am Gartenteich und trank ein Feierabendbier.

Wir mochten uns, bei seiner Frau Erika Angelina, von uns Beton genannt, war ich nicht so sicher. Ich glaube, sie ist neidisch auf meinen herrlichen Sopran. Anton sah mit seinem zerknautschten, quasi ungebügelten Gesicht ziemlich müde aus.

Anton, unser Schlitzohr stammt aus dem Lungau, dem österreichischen Sonnenbecken. Eine Gegend, in der das Rindvieh noch die Zahl der Fremdenbetten überwiegt und somit als intakt bezeichnet werden kann. Man sagt den Eingeborenen wie den meisten Österreichern nach, sie seien fleißig, genügsam, ehrlich und durchtrieben.

Den Piefkes überließen sie seinerzeit einen minderbegabten Pinselquäler aus Braunau und zum Ausgleich machten sie aus unserem begnadeten Komponisten Beethoven einen Wiener Klassiker.

Anton war ebenso schlitzohrig wie fleißig. Obwohl schon im Rentenalter trieb es ihn immer wieder in seine Wäscherei, die er mühevoll mit viel Geschick und Arbeit zu einem bekannten und renommierten Betrieb ausgebaut hatte. Böse Zungen lästerten, sein Sohn Alexander, der die Firma kompetent und verantwortungsvoll leitete, würde früher in Rente gehen als sein Vater.

Ich grüßte Anton mit leichtem österreichischem Zungenschlag: „Habe die Ehre!"

„Komm Ludwig, setz dich, möchtest du ein Bier?" „Nein danke, ich trinke kaum Alkohol, außerdem muss ich noch fliegen." „Ach so! Erika bring bitte für unseren gefiederten Pavarotti eine Schale Fruchtsaft und für mich noch ein Bier." Beton tat wie befohlen und stellte mir eine Suppenterrine mit Apfelsaft vor den Schnabel. „Hier bitteschön, aber nicht singen!" Den Hinweis empfand ich ebenso überflüssig wie impertinent. Während ich den köstlichen Apfelsaft schlürfte berichtete Anton kichernd von den Bienen, die ihm ständig seinen Gartenteich aussoffen.

Ich bedankte mich artig für den Saft und verabschiedete mich.

Gegenüber hörte ich Krach. Heino und Sabine spalteten Feuerholz, nebenan waren Gerhard und Resi ebenfalls dabei, mit einer Axt eine gefällte Birke zu bearbeiten. Scheinbar wurde ein kalter Winter erwartet, und das bereits im Frühsommer. Bei Bernhard und Ilse war alles wie immer. Ilse hatte Wäsche zum Trocknen aufgehängt und der Holzwurm saß mit dem Unvermeidbaren, einem hüftkranken Freund namens Urban Kozlowski in der Hütte, wo sie ein paar Mischungen, die aus „Jumbadin" - der französische Name Dujardin war für die Herren ein unaussprechlicher Zungenbrecher – oder Blaukorn Wodka bestanden, zu sich nahmen.
Ich flog zurück auf die Terrasse und machte Meldung. „Moin Wilhelm, keine besonderen Vorfälle!" „Gut, weitermachen!" „Jawoll, tschüss!"

Urlaub

Der Stress frisst mich auf, ich stehe kurz vor einem Burnout. Ich bin Vater und Gatte und nebenbei auch noch das geistige Oberhaupt meiner Rabenkolonie. Ich versorge täglich meine Kinder, Elise und mich, aber ein glückliches Eheleben habe ich mir so nicht vorgestellt.
Ich brauche Ruhe.

Ich bringe ihn um!

Um mich auszuruhen und zu regenerieren, habe ich gestern kurzfristig beschlossen, in meiner Villa zu nächtigen. Eine Nacht ohne Elise und ohne die lärmende und gierige Kinderschar, was für eine traumhafte Vorstellung. Doch was passiert? Nach einer wunderbaren, sehr ruhigen Nacht fängt morgens um 8:00 Uhr dieser Idiot an zu krakeelen. Ich konnte dieses eigenartige Geräusch zunächst nicht zuordnen, im Halbschlaf erschien es mir wie eine Feuersirene, bis mir langsam dämmerte, dass es ein triebiger Grünspecht war, der meinen wohlverdienten Schlaf beendet hatte.

Natürlich sind Tiere keine Mörder, wir Raben schon garnicht, allerdings kommen neurotisches Verhalten und psychische Schäden auch bei uns vor. Daraus können unter Umständen aggressives und unverhältnismäßiges Verhalten resultieren, das als böse ausgelegt werden kann.

Meine humanistische Haltung und der tiefe Respekt vor meiner Einzigartigkeit, meiner Würde und meines inneren Reichtums brachte mich zu der Überzeugung, dass es angemessen sei, den idiotischen Specht nicht zu töten. Auch das Wissen um seinen gefährlich spitzen, festen Schnabel floss in meine Entscheidung ein.

Wenn ich schon quasi mitten in der Nacht von einem liebestollen Specht geweckt werde, sollte ich mir zum Ausgleich ein opulentes Frühstück gönnen. Ich klopfte an der Terrassentür. Wilhelm öffnete sofort und bat mich herein.

„Schön, dass du mich mal wieder besuchst, hast du Hunger?"

Unter anderem liebte ich diese Direktheit bei Wilhelm. Er schwafelte nicht herum, sondern brachte alles ohne Umschweife auf den Punkt.

„Ja!"

„Setz dich, ich habe zwar schon gefrühstückt, aber es spricht nichts gegen ein zweites Standbein. In meinem Alter mache ich mir weniger Sorgen um Qualität als um Quantität, ich bin eben ein Gourmand." Wilhelm servierte zwei hartgekochte Eier, saftige Tomaten, mehrere Scheiben Kochschinken und Orangenmarmelade. Dazu reichte er Toast.

„Exquisit, ausgezeichnet!"

„Ich weiß!"

„Wo ist eigentliche Luise?" „Luise kauft ein, das kann dauern, da sie ständig Bekannte trifft, mit denen sie glaubt, sich unterhalten zu müssen." „Sehr gut!"

Ich berichtete von meiner Wut über den lärmenden Specht und natürlich auch von meiner Einsicht, ihn ungeschoren davonkommen zu lassen. „Das war sehr richtig, lieber Ludwig. Bedenke, dass auch du schon mal Frühlingsgefühle hattest. Der Specht hat ebenso das Recht um eine Frau zu werben. Ich habe ihn übrigens auch gehört, er war tatsächlich sehr laut.

Möchtest du nicht deinen kleinen Urlaub verlängern, vielleicht auf drei Tage?"

Tatsächlich brauchte ich ein paar Tage der Ruhe. Ich liebe den Zustand der Ruhe. Sie erhält meine Energie und befähigt mich zu einer inneren Gelassenheit.

„Jaah vielleicht", erwiderte ich gedehnt. Gab es einen Hintergedanken oder war es reine Freundlichkeit. „Keine Angst, du musst hier nichts tun. Ruhe dich aus solange du willst. Die Versorgung deiner Familie können Freunde übernehmen. Was hältst du davon?"

Ich war begeistert. Drei Tage Ruhe, Dolce far niente, Vollpension. Perfekt!

„Deine Idee gefällt mir, ich stimme zu, vielen Dank! Ich fliege gleich zu meinen Freunden, um den Transport zu klären. Ich brauche nämlich zwei Gehilfen. Heiner darf nichts Herzhaftes vor dem Schnabel haben und Gerda darf man keine Schokolade oder ähnliche Süßigkeiten anvertrauen. Ich will auch noch mal eben meine Familie unterrichten."

Der König ist tot, es lebe die Königin!

Wilhelm setzte eine ernste Miene auf. „Ludwig, ich muss dir leider mitteilen, dass der Chef von Resi und Gerhard, unser gemeinsamer Freund Rudolf, gestern gestorben ist."

„Oh, das ist traurig, er war mein Kumpel. Es tut mir im Nachhinein leid, ihn manchmal geärgert zu haben, zum Beispiel mit meinen

Klingelimitationen, die ihn zur Weißglut getrieben haben. Du weißt, er mochte keine Fahrräder."

Bei der Gelegenheit muss ich gestehen, dass ich Rudolf fälschlich für eine Dogge gehalten hatte. Im letzten Jahr war meine Weisheit noch nicht so ausgeprägt wie heute, da konnte es schon mal zu Fehleinschätzungen kommen. Für mich waren damals alle großen Hunde Doggen."

„Es stimmt, Rudolf war ein Airedale Terrier, der König der Terrier. Er hat sich auch so verhalten. Rudolf hatte Charakter, er war freundlich und sehr temperamentvoll.

Wir sind alle traurig, aber der Arme war ziemlich krank, er konnte kaum noch sehen und bekam schlecht Luft. Rudolf hatte keine Lust mehr und mit seinen zwölf Jahren hatte er das Recht abzutreten."

„Dann sind Resi und Gerhard jetzt führungs- und orientierungslos. Keiner, der ihnen sagt, wann es Zeit ist, schlafen zu gehen. Keiner, der morgens zum Frühstück weckt und ohne den Zwang täglich spazieren zu gehen ist der Tagesablauf total gestört."

„Ja, aber ich glaube, nach ein paar Tagen der Unsicherheit kommt ein neuer vierbeiniger Bewohner zu den Wittlichs."

Tatsächlich, am zweiten Tag meines Kurzurlaubs sah ich sie. Eine gepflegte, anmutige Hundedame. Hurtig lief ich hinüber, kurze Strecken nahm ich aus sportlichen Gründen zu Fuß, da unsere robusten Beine lange Laufknochen aufweisen, die uns kleine Fußmärsche problemlos ermöglichen. Resi und Gerhard kamen hinzu und stellten mir die Dame vor. „Das ist Cita, unsere neue Mitbewohnerin. Sie ist eine Airedale Terrier Hündin", sagte Gerhard voller Stolz. Bei dem Namen war ich nicht ganz sicher, aber ich meine Cita oder Xieta verstanden zu haben. „Sie ist sehr gut erzogen und sehr gesittet, ganz anders als Rudolf."

Artig stellte ich mich mit wohlgesetzter Rede ebenfalls vor. „Sehr angenehm, mein Name ist Ludwig, du müsstest schon von mir gehört haben."

Cita war eine hübsche, zarte Dame mit angenehmen Manieren. Der selige Rudolf hingegen war derart schlau gewesen, sich erfolgreich allen Erziehungsversuchen zu widersetzen. Er war ein kräftiger Rüde, manchmal auch Rüpel, mit wahrem Heldensinn. Er tat nur das, was ihm nützlich erschien. Ich nahm mir vor, mich mit Cita anzufreunden und zwickte sie zärtlich am Ohr. Ihr graziöses Wedeln mit der Rute bezeugte mir das Wohlwollen der Dame.

Kleptoparasiten oder eine diebische Bande.
Meine Freunde und ich haben uns oft gefragt, wie sich die dicke Ricarda, der Wirtschafts-Guru Robert sowie die Ideen-Kleptomanin Annabella offensichtlich so gut ernähren. Nach langem Nachdenken sowie durch meine verdeckten Ermittlungen habe ich die diebische Troika durchschaut.
Bei den Tieren gibt es genügend Beispiele für Kooperationen. Bei Fischschwärmen oder Herden gibt es lockere Zusammenschlüsse, es gibt Verbände bei Löwen oder Affen und es gibt sogar Staaten wie z.B. bei Ameisen, Bienen und Termiten. Was die alle können, ist für uns Raben selbstverständliche Normalität.
Aber, wer betrügt, dem traut man nicht. Es sei denn, es betrügen alle, wie es bei unserem Trio der Fall ist.
Neulich habe ich gesehen, wie die Gauner einem unvorsichtigen Eichhörnchen Nahrung abgejagt haben, welches es aus einem für uns Raben unzugänglichen Mülleimer geholt hatte. Nachdem Robert das Tierchen mit seiner belanglosen Rederei abgelenkt hatte,

betrat die beinahe flugunfähige Ricarda die Bühne. Mit ihrem grauenerregenden Aussehen jagte sie das arme, erschrockene Hörnchen ohne ein einziges Wort in die Flucht. Annabella war sportlich und schnell, sie stibitzte die Nahrung. Sogar einen Fuchs haben sie derart gemobbt, dass er ihnen vollkommen konfus und kampflos ein totes Kaninchen überließ.

Obwohl die drei nicht unbedingt für ein ausgeprägtes Sozialverhalten bekannt sind, haben sie sich als räuberisches Trio bewährt. Kooperative Arbeitsteilung. Der Dummschwätzer, die Furchteinflößende und die Sportliche.

Annabella legt ein Ei!

„Alles hat Gott ins Leben gerufen, mit Ausnahme der Lüge. Die haben die Menschen erfunden."

Diese rabbinische Weisheit ist wie vieles, was mit Gott zu tun hat, schlicht falsch. Um wirklich gut zu lügen, muss man wahnsinnig intelligent sein. Die klassische Lüge stellt eine Form der absichtlichen Täuschung dar. Also, viele Menschen fallen schon mal aus. Die Gegebenheiten müssen zum eigenen Vorteil manipuliert, Informationen verknüpft und Spuren verwischt werden. Dies ist eine kognitive Höchstleistung, zu der neben den Menschen auch einige Tiere wie zum Beispiel Schimpansen und natürlich wir Raben fähig sind.

Der mit Abstand verlogenste Rabe, obwohl nicht intelligent, ist Annabella. Annabella, das Weib, welches mich mit ihren Nachstellungen terrorisiert hat. In dieser Beziehung ist sie der - ich benutze ganz bewusst das generische Maskulinum - beste Rabe der Welt, sogar besser als ich.

Ihr Lebenslauf, von dem sie gern und immer wieder neu erzählt, ist komplett erfunden. So komme ihre Familie aus Regionen, die hunderttausende von Kilometern entfernt liegen. Dass das von unserem schönen Worpswede am weitesten entfernte Land Neuseeland nur ca.18.000 Kilometer Luftlinie entfernt ist, ficht sie nicht an. Und in ihren Aussagen vollführt Annabella eine 360° - Wende nach der anderen, sie rotiert gleichsam. Böse Zungen behaupten schon, sie sei der überflüssigste Rabe unserer Gemeinschaft, sie sei zu nichts in der Lage.

Von wegen!

Es ist es passiert: Annabella hat ein Ei gelegt. Ohne Vorwarnung, einfach so. Sie nutzte ein altes Nest in einer Kiefer in der Nähe meiner Residenz. Und das auch noch pünktlich zu Ostern.

Nur fünf Minuten pressen und gackern und schon lag das Ei im Reisig.

Das bedeutet: Drei Wochen Ruhe, drei Wochen keine dummen Belehrungen und drei Wochen kein hektisches Gehüpfe. Ich hoffe nur, dass ihre Küken sie geistig überflügeln und ihre Mutter zum Schweigen bringen.

Die Küken?! Es war nur ein einziges Ei und wer weiß, wie der Hahn heißt. Von Robert weiß man, dass er meistens nur heiße Luft produziert. Damit kann man zwar einen Heißluftballon zum Fliegen bringen, aber ob es reicht, ein Ei zu befruchten, ist fraglich. Falls Annabella tatsächlich drei oder vier Wochen auf einem Ei herumgluckt, ohne dass etwas passiert, sollten wir dankbar für die Zeit der Ruhe sein, ihr aber dennoch den Rat geben, einen Osterhasen zu konsultieren.

Es grünt so grün!

Ich hatte zwar drei Tage Urlaub und musste mich nicht um die Versorgung meiner Familie kümmern, aber zur Ruhe kam ich nicht. Für Kost und Logis war ich Wilhelm dankbar, gleichzeitig fühlte ich mich nicht angemessen beachtet. Alles drehte sich um die Geburtstagsfeier von Julius. Neben Miguel und Mariechen sowie ihrer Schwester Cora waren noch weitere Gäste eingetroffen. Obwohl ich total vernachlässigt wurde, wünschte ich allen eine schöne Feier und verabschiedete mich. Ich hörte vom Wilhelm einige Tage später, dass die Feier trotz meiner Abwesenheit sehr gelungen gewesen war.

Ich gestehe, dass ich nach der relativen Ruhe Sehnsucht nach meiner Familie hatte. Ich flog ohne Umwege zu meinem Stammbaum, wo ich gebührend empfangen wurde. Luise sah erholt aus und die Kinder entwickelten sich allmählich zu richtigen Rabenkrähen.

Natürlich fehlte ihnen noch meine Eleganz und auch das Gefieder schillerte nicht so glanzvoll wie bei uns Alten. Aber die Augen waren bereits vom strahlenden Blau ins Braune gewechselt.

Ich erzählte von meinem Kurzurlaub und Luise berichtete von ihrer Zeit ohne mich. Die Versorgung hatte prima funktioniert und auch die Eulen hatten sich nicht sehen lassen. Wie Annabella mit ihrer späten Brut ohne Hilfe klarkommen wollte war mir einerseits ein Rätsel, andererseits egal.

Ich begab mich zu meinen Freunden in der Eiche. Auch dort wurde ich überaus freundlich begrüßt.

Ich liebe die Farbe „Grün". Grünes Moos, grüne Äste, grünes Laub, Grünkohl und grüne Flaschen, aber nur die aus Glas.

Es war jetzt überall genauso herrlich grün wie in dem kleinen Bereich, in dem Robert und seine Genossen ihr Unwesen trieben.

Grün, die Farbe der Natur, bei der ich immer an Erneuerung, Wachstum und Freiheit denken muss. Ich bedankte mich artig bei meinem Lieferdienst. Heiner sah gut genährt aus und bei Gerda hatte ich den Eindruck, sie hätte zugenommen. „Na Gerda, war Wilhelm freundlich zu dir?" Gerda schien leicht zu erröten. „Oh ja, er hat mich sehr gut belohnt und ich habe den Kleinen nichts weggefressen. Heiner und ich stehen jederzeit wieder zur Verfügung, obwohl die anderen etwas neidisch sind."

Ostern

Die Hühner legen in weiser Voraussicht doppelt so viel Eier wie zuvor, überall rennen hektisch Hasen herum und Luise schleppt Bierkisten heran. Bei uns im Garten und auch bei unseren Nachbarn zeigen Tulpen, Narzissen, Ranunkeln und Forsythien als Boten des Aufbruchs und Wiedererwachens der Natur ihre Blütenpracht.

Das Wort "Ostern" kommt vom Namen "Ostara", so hieß die germanische Göttin des Frühlings, der Fruchtbarkeit und der Morgenröte. Ihr zu Ehren haben die Germanen im Frühling ein großes Fest veranstaltet. Deswegen heißt das erste große Fest im Frühling "Ostern".

Der machtgierige Vatikan unterschlägt diese Wahrheit und behauptet, ein wundersamer, redseliger Zimmermann sei ermordet worden und dann wieder auferstanden.

Bei Wilhelm und Luise sowie bei den Nachbarn wird Ostern ordentlich gefeiert, zumal Wilhelm seine Nachbarn auch noch zu einem runden Geburtstag eingeladen hatte. Das Essen fand zu meinem Leidwesen in einem Restaurant statt, in dem ich aus nicht nachvollziehbaren Gründen nicht gern gesehen war. Ich hatte Lust und Zeit und meine Manieren sind über jeden Zweifel erhaben.

Diese respektlose und ignorante Haltung war für mich nicht neu, denn für einfach strukturierte Menschen sind Genies stets männlich, weiß und mit wirren Haaren ausgestattet.

Sich einen schwarzen Vogel als genial vorzustellen ist für die meisten Personen kaum denkbar. Aber ich weiß, wer ich bin. Wenn einige Menschen mich runterziehen wollen, heißt das nur, dass ich bereits über ihnen stehe.

Ich ließ mir von Wilhelm einen Eimer mit Heidelbeer-Joghurt füllen und flog zu meiner Familie. Die getrockneten River Shrimps, die Wilhelm mir freundlicherweise angeboten hatte, lehnte ich wegen des unangenehmen Geruches ab. Wir Raben sind meistens ehrlich. Heuchelei und Doppelmoral sind uns fremd, obwohl auch bei uns einige Heuchler versuchen, Erfolge auf Kosten anderer zu erzielen. Außerdem dachte ich praktisch. Ich wollte meine Glaubwürdigkeit nicht verlieren. Hätte ich mich lobend über die *köstlichen Garnelen* geäußert, würde ich wahrscheinlich beim nächsten Mal wieder welche geschenkt bekommen. Ich flog heim, um Ostern mit meiner Familie zu feiern.

Vogelflug

Wie alle anderen Jungvögel nicht mit der optimalen Flugtechnik geboren werden, galt dies auch für Raben. Vögel durchlaufen in ihrer Entwicklung verschiedene Lebensphasen, in denen sie unterschiedlich stark auf uns Eltern angewiesen sind. Nach der Nestlingsphase entwickeln sie sich zum Ästling. Bei Ästlingen sind die Federn breiter und laufen nicht so spitz zu wie die Schwingen bei uns Älteren. Erst mit wiederholter Mauser gleichen sie sich nach und nach der Form der Eltern an.

Der Vogelflug an sich ist ein unglaublich komplexer Vorgang, perfektioniert in Jahrmillionen der Evolution.

Der wahre Meister der hohen Kunst des Fliegens bin allerdings ich. Mein aerodynamischer Adoniskörper, meine ausgefeilten Schwingen, gepaart mit wunderbaren, kräftigen Brustmuskeln, befähigen mich zu enormen Flugleistungen, die an Dynamik und Eleganz kaum zu überbieten sind.

Während die meisten Singvögel tölpelhaft durch die Luft rudern, beherrsche ich den Gleitflug des Adlers ebenso wie den Sturzflug eines Wanderfalken.

An der Anmut bei meinen Kindern müssen wir noch arbeiten. Bei Rabea sah der Flug schon recht flüssig aus, während Albert mit Übergewicht zu kämpfen hatte und Nikolaus etwas schwach auf der Brust wirkte.

Egal, wir verbrachten einen netten Abend und verspeisten genüsslich den Joghurt. Die Kleinen und auch Elise genossen den Abend und die Nacht gemeinsam.

Meine Kinder zeigten mir, dass ich auch mit ihnen wieder einmal alles richtiggemacht habe. Sie waren zwar nicht genial, aber doch sehr gelehrig und wissbegierig. Vielleicht hätte ich selbst brüten sollen, um ihnen den letzten Schliff zu verpassen, aber soll ich alles allein machen?

Wir begaben uns zu meinem Stammbaum. Obwohl ich keine Leckereien mitgebracht hatte, war die Freude, mich und meine Familie zu sehen, riesengroß.

Soziale Macht

Wir Raben sind kluge Tiere. Wie alle normalen Raben habe auch ich im Besonderen die eigene Machtposition und die meiner Artgenossen stets im Blick. Bahnt sich ein gefährliches Amigo- und Familiennetzwerk zwischen anderen Vögeln an, greifen wir ein.

Entgegen der landläufigen Meinung der Menschen erkennen und pflegen wir unsere Freundschaften. Für uns und speziell für mich sind soziale Kontakte und Allianzen sehr wichtig.

Wir knüpfen durch gegenseitiges Kraulen mit unseren Schnäbeln Beziehungen, die bei Konflikten von Nutzen sind. Diese Anbandelungen und Kontaktpflegemaßnahmen werden von anderen Raben genau beobachtet und oft genug torpediert. Ich habe natürlich den riesigen Vorteil, nicht nur außerordentlich gebildet zu sein, sondern obendrein noch beste Beziehungen zu Wilhelm und seinem Nahrungssortiment zu haben.

Als Störenfriede, die versuchten, mir meine Position als Premiumrabe streitig zu machen, hatte ich Robert und seine Komplizen ausgemacht. Robert hatte ein neues Spiel erfunden, nachdem er irgendwo eine grüne Filzkugel gefunden hatte. Jetzt spielte er fast ständig, wenn er nicht gerade irgendwelche idiotischen Ideen zum Besten gab, mit seinem besten Kumpel und Vetter Patrick das Filzspiel. Die Filzkugel war durchgefilzt und ähnelte einem kleinen Fußball. Ich kann mir vorstellen, dass das Filzen Spaß macht, aber ich glaube, es liegt mir nicht.

Annabella hat das Brüten aufgegeben, ob aus Lustlosigkeit oder aus anderen Gründen war nicht bekannt. Egal!

Robert, die bockige Annabella, Patrick, Ricarda, Langfeder Anton und die rote Claudia sowie einige Genossen aus dem ehemals so grünen Bereich waren ohnehin bei uns unbeliebt. Jetzt kamen noch so unangenehme Dinge wie Ricardas Absturz, Annabellas Windei sowie Roberts lächerliche Besserwisserei hinzu.

Wir flogen alle zu Wilhelm. Als Luise uns sah, glaubte ich, Entsetzen in ihrem Gesicht zu sehen. Fünf Raben, das glich einem Überfall. Aber Wilhelm erkannte uns sofort und beruhigte sie. „Das sind doch nur Ludwig, Elise und ihre drei niedlichen Kinder."
„Niedlich? Na ja. Ich hoffe, sie sind gut erzogen."
Ich zeigte den Kleinen mein Reich. „Ich bin hier zwar nicht geboren, aber aufgewachsen, ausgebildet und erzogen worden" Die drei waren beeindruckt. Ich zeigte ihnen alles und sie spielten artig in meiner „Villa Meisenschreck".

Ich erzählte Wilhelm von meinen Plänen, die Genossen rauszuschmeißen.
„Ludwig, herzlichen Glückwunsch zu deiner Entscheidung. Absolut richtig. Wehret den Anfängen! Zu spät wird die Medizin bereitet, wenn die Übel durch langes Zögern erstarkt sind!" Wilhelm war geradezu begeistert.

„Lieber Ludwig, wir haben bei der Wahl unserer Regierung leider total versagt. Eine Ansammlung von Stümpern, Küchenhilfen und Studienabbrechern ohne nennenswerte Arbeitserfahrung, die plötzlich Grünen-Ministerin und VW-Aufsichtsrat werden können. Eine Grünen-Vorsitzende, die die Arbeitswelt nur vom Hörensagen kennt, aber den Deutschen erklären wollen, wie sie leben sollen. Immer mehr Leute erkennen so allmählich, was bei uns schiefläuft.
Wir haben einen Minister, der Vaterlandsliebe zum Kotzen findet und mit Deutschland, dessen Vizekanzler und Wirtschaftsminister er ist, bis heute nichts anfangen kann. Entschuldige den Ausdruck „Kotzen", es ist nicht meine Wortwahl, aber schon bei dem Gedanken an einen inkompetenten, selbstgefälligen und arroganten Typen könnte ich kotzen.

Wie konnten einige unserer Volksvertreter trotz ihrer intellektuellen Defizite soweit aufsteigen?
Unsere so genannte Regierung verliert momentan genauso schnell Umfragepunkte wie die deutsche Wirtschaft Hoffnung auf Besserung. Übrigens sind Küchenhelfer wichtig und ehrlich. Sie arbeiten wenigstens für ihr Geld.

Heidi Kabel, eine ehemalige Volksschauspielerin, hat einmal folgenden Satz gesagt:
Die Emanzipation ist erst dann vollendet, wenn auch einmal eine total unfähige Frau in eine verantwortliche Position aufgerückt ist.

Aber man muss ja nicht gleich übertreiben und meine Toleranz für abschlusslose Erfahrungslose ist äußerst gering."

„Aha, das sehe ich genauso. Für meine Lobbyarbeit benötige ich aber noch jede Menge Überzeugungsmaterial. Genie allein hilft nicht."
„Ich verstehe. Ich bringe dir morgen ein großes Fresspaket zu deinem Baum. Wurst für Henri und Heiner, Rührei für Anke, Schokolade für Gerda und Joghurt für alle und ein Salatblatt für Robert."
„Ich verstehe, du verstehst mich!"
Wir Rabenkrähen behalten unsere Reviere mit dem Nest als Zentrum jahrelang. Wir verteidigen sie gegen Artgenossen und andere Eindringlinge. Nichtbrüter warten auf eine Gelegenheit, ein Revier zu übernehmen falls der bisherige Inhaber wegen Krankheit oder Todes ausfällt. Nichtbrüter und eingedrungene Schmarotzer mögen wir hier nicht.
Ich trommelte meine Freunde und meine Gefolgschaft zusammen und becircte sie mit meinem Charme und wohlgesetzten Worten. Die Beeinflussungshilfen, die Wilhelm wie versprochen zugestellt hatte, machten es mir leicht, die Mehrheit vor der Notwendigkeit

zu überzeugen, unliebsame Zeitgenossen verscheuchen zu müssen.

Ich ließ die Gruppe um Robert antreten und verwies sie mit einem einzigen Wort des Baumes.

„Raus!"

Müßiggang und Fürsorge

Für Wilhelm bedeutet Müßiggang Freiheit. Eine Freiheit, welche die Philosophen im Sinn hatten, als sie jede Form der körperlichen Arbeit ablehnten, um frei zu sein für ein selbstbestimmtes Leben. Der Müßiggang war einst ein Privileg des Adels, heute sind auch Rentner in der glücklichen Lage, sich ihm hinzugeben. Wilhelm musste die hohe Kunst des Nichtstuns lernen, er musste sich daran gewöhnen, sich genussvoll seinen Gedanken hinzugeben, ohne ein schlechtes Gewissen zu haben.

Für ihn sind Müßiggang und Faulheit grundverschiedene Dinge und körperliche Arbeit macht sogar Spaß, wenn man in ihr einen Sinn sieht oder wenn sie von anderen erledigt wird.

Kochen, Wäschewaschen und Bügeln. All das sind Tätigkeiten, mit denen eine Hausfrau nicht ausgelastet ist. Auch hier zeigt sich ein weiterer Charakterzug von Wilhelm. Seine tugendhafte Neigung zur Fürsorglichkeit und sein Mitgefühl. Er sorgt sich um die psychische und die physische Gesundheit von Weib und Vogel. Wilhelm ist ebenso mitfühlend wie clever.

Er wird angetrieben von dem nachvollziehbaren Wunsch, mit dem kleinstmöglichen Aufwand ein Maximum zu erreichen. Wenn er auf der Couch sitzt, ruht er nicht aus, sondern er bemüht sich, keine Energie zu verschwenden. Dabei kommen ihm so wunderbare Gedanken, wie er seiner Frau eine Freude machen kann, indem er ihr Möglichkeiten aufzeigt, wie sie mögliche Langeweile bekämpft.

Für Wilhelm war ein Aspekt der Fürsorglichkeit die Fähigkeit, herauszufinden, was andere Menschen und speziell Luise brauchen und was sind deren Bedürfnisse und Wünsche sind.

Luise liebte die Gartenarbeit, Wilhelm auch, theoretisch. Aber Rasenmähen, Unkrautzupfen und Laub aufsammeln waren banale Tätigkeiten, die auch gern von Frauen übernommen werden können.

„Wilhelm, ich habe eine Idee!"

„O weh!" Bei Wilhelm läuteten schrille Alarmglocken, denn Luises Ideen waren meist sehr kostspielig, wenn auch leider oft richtig und notwendig. Luise hatte die Idee, die Terrasse neu zu gestalten. Er hatte ihr vor einiger Zeit versprochen, die Terrasse zu erneuern, in der Hoffnung, sie würde es vergessen. Hat sie nicht!

Wilhelm und ich planten die neue Terrasse und auch Luise durfte ihre Ideen einbringen. Wilhelm sagte dann immer, er fände ihre Beiträge sehr gut, wobei er mir schelmisch zuzwinkerte. „Höre Ludwig, Motivation und Spaß bei der Arbeit sind die Basis für ein gutes Ergebnis. Ich liefere die Motivation, so dass der Spaß für Luise beim Schleppen der Steine sich automatisch einstellt. Außerdem habe ich Rücken, sonst würde ich natürlich keine körperliche Arbeit scheuen."

Mit Hilfe von Thomas, einem rüstigen Rentner aus der Nachbarschaft, nahm die neue Terrasse schnell Gestalt an. Thomas arbeitete mit apollonischer Genauigkeit und himmlischer Geduld und ließ sich durch nichts aus der Ruhe bringen.

Märchenhafte Vögel

Raben und Menschen gibt es überall. Genau wie die Menschen haben auch wir uns über alle Kontinente der Erde verbreitet. Wir Raben und die Menschen haben sehr viel gemeinsam. Wir verfügen über ein hochentwickeltes Gehirn, sind sehr sozial und wir sind extrem anpassungsfähige und ökologisch erfolgreiche Allesfresser. Eigenschaften, die für unser Überleben essentiell sind.

Raben und Krähen sind ausgeprägte Kulturfolger. Wir haben uns den vom Menschen geschaffenen bzw. hinterlassenen Kulturraum als Lebensraum erschlossen und uns an ein Leben in der Nähe des Menschen angepasst oder besser, wir haben gelernt, wie man Menschen ausnutzen kann. Wir mussten uns nicht in eine vorhandene Gesellschaft integrieren, da wir uns den Lebensraum mit den Menschen seit Jahrhunderten teilen.

Wir haben jedoch von den Menschen in unserer Umgebung niemals verlangt, sich uns anzupassen. Natürlich nutzen wir vorhandene Ressourcen wie Getreide, Eier, Küken und andere Jungtiere um uns zu ernähren. Keinesfalls stehlen oder klauen wir sie, denn sie stehen uns zu.

Dass wir kleine Kinder fressen, die in einen Graben gefallen sind, wie der Kinderreim *„Hoppe, hoppe, Reiter…"* suggerieren will, ist eine grenzenlos boshafte Unterstellung.

Für unser schlechtes Image können wir nichts, das haben wir unkundigen, überheblichen Menschen zu verdanken. Auch ein so bekannter und angesehener Zoologe wie Alfred Brehm notierte 1843 in seinem „Tierleben" fragwürdige Erkenntnisse oder sollte ich sagen, Hirngespinste, die bis heute nachwirken:

Der Rabe hackt im Frühjahr die neugeborenen Lämmer todt und verzehrt sie, verjagt die Eidergänse vom Nest, säuft ihre Eier aus, verbirgt diejenigen, die er nicht fressen kann, einzeln in der Erde. Selbst auf Opfer, die Wunden und Beulen haben, setzt er sich und

hackt sie an, so daß sie ihn nur unter Wälzen loswerden können ...
Es unterliegt keinem Zweifel, daß der Kolkrabe durch seine Raub-
sucht sehr schädlich wird und von verständigen Menschen nicht
geduldet werden darf."

Wir sind zwar Kulturfolger, haben uns aber niemals domestizieren
oder erniedrigen lassen wie zum Beispiel Enten, Gänse und Hühner oder auch der von Menschen geliebte Hund. Wir haben unseren Stolz.

Die großartige Bedeutung und die Ambivalenz der menschlichen
Sichtweise auf uns schlägt sich in der Mythologie und in den Märchen der Völker nieder.
Unter den weniger bekannten Märchen der Brüder Grimm gibt es
eines, das den Titel „Die Krähen" trägt. In diesem Märchen tauchen
die Krähen zunächst als „Galgenvögel" auf, um dann in einer Unterhaltung einem unter dem Galgen übel zugerichtetem Soldaten
Dinge mitzuteilen, die zu seiner Heilung beitragen.
Das bekannteste Märchen mit Raben ist vermutlich „Die sieben Raben" von den Brüdern Grimm. Es gehört zu einem in vielen Fas-
sungen verbreiteten Märchentyp, in dem ein junges Mädchen ihre
in Vögel verwandelten Brüder erlöst. In dem Märchen „Die zwölf
Brüder" sind diese Vögel ebenfalls Raben.
Die gleiche Symbolik hat der Rabe in dem Grimm'schen Märchen
„Die Rabe". Es heißt tatsächlich „Die Rabe" und nicht „Der Rabe".

Nicht von den Brüdern Grimm sondern von Giambattista Basiles
stammt das Märchen „Der Rabe". Hier symbolisiert der Rabe den
Tod, doch wird der Tod hier nicht als Ende, sondern als Teil eines
Zyklus verstanden.

Weitere Werke wie das Märchen „Der treue Johannes" oder „Der Schmied von Jüterbogk" sind Beleg für unsere Bedeutung in der Welt.

Eugen Roth, ein deutscher Lyriker und Dichter und bekannt für seinen Humor, schrieb in seiner kleinen Tierwelt zwar ohne jede Sachkenntnis, aber doch augenzwinkernd in einem Gedicht über die Edelraben, dass diese zwar zahm werden und sprechen lernen, aber auch plündern und sich um Leichen am Galgen balgen.

Die Edelraben oder Kolk-
warn einst bekannt im deutschen Volk,
als man sie noch unter jedem Galgen
sie um die Leichen sah sich balgen.
Sie werden zahm zwar, lernen sprechen,
groß bleibt ihr Hang doch zu Verbrechen.
Der Rabe schwarz an Leib und Seele,
sinnt ständig, wo, wie, was er stehle.
Er plündert jedes Vogelnest,
holt, was nicht niet- und nagelfest.
Der Rabe „Grab, Grab, Grab"! nur schreit;
Er ist auch immer schwarz gekleidt.

Das mag zwar witzig und humorvoll klingen, hat aber mit der Realität nichts zu tun. Raben sind keine Verbrecher und Diebe!

Auch die Familie von Trotha, die im Wappen einen Raben führt, ist schon diesem Vorurteil aufgesessen. Nach der Sage habe der Bischof Thilo (1466 – 1514) seinen langjährigen treuen Kammerdiener Johann wegen des Verlustes eines goldenen Siegelringes hinrichten lassen, obwohl jener seine Unschuld beteuerte.

Einige Jahre später sei jedoch der Ring im Horst eines Raben nahe eines Turmes des Doms durch einen Dachdecker, der das Dach nach einem Sturm reparierte, wiedergefunden worden. Als Warnung vor vorschnellen Urteilen soll Thilo die Errichtung eines Vogelkäfigs im Schlosshof und die ewige Gefangenschaft eines Raben dort verfügt haben. Der über die Jahrhunderte beibehaltene Käfig wurde immer wieder ersetzt und im Jahr 2006 um eine geräumige Voliere erweitert, in der heute ein Rabenpaar lebt. Das heißt, dass die Raben immer noch für Thilos Fehler mit Gefangenschaft büßen.

Ein weiterer Beleg für die Bedeutung von uns Raben ist die Tatsache, dass Menschen neben einfachen Namen oder auch Namen, die eine Diagnose bedeuten, oftmals nichts über die Bedeutung oder die Herkunft der Vornamen wissen. So sind die Namen „Corvin", „Corvinus" oder „Corbinian" vom wissenschaftlichen Namen „Corvus" für Raben abgeleitet. Der Name „Raven" oder daraus abgeleitet „Ravenna" heißt schlicht Rabe auf Englisch.

Berühmt sind auch die Raben im Tower von London in England. Einer alten Legende nach soll das britische Königreich untergehen, wenn der letzte Rabe den Tower von London verlässt. Deshalb werden auf dem Gelände des Towers immer mindestens sechs Raben gehalten. Sie heißen Jubilee, Harris, Poppy, Georgie, Edgar und Branwen.

Black is beautiful
Ja, es stimmt, wir sind immer schwarz gekleidet.
Schwarz ist eigentlich keine Farbe. Schwarz bedeutet die Abwesenheit von allen entsprechenden Lichtwellen. Das kann daran liegen,

dass ein Material Licht weder durchlässt noch reflektiert noch nennenswert abstrahlt. Deshalb ist schwarz eigentlich keine Farbe, sondern die Abwesenheit von Farbe

Simon Bruslund, ein bekannter dänischer Vogelkundler, hat über Paradiesvögel gesagt, sie seien im Prinzip Krähen in einem schönen Gewand. Das ist natürlich Blödsinn. Vielmehr könnte man sagen, Raben und somit auch Krähen sind paradiesische Vögel im schwarzen Gewand. Eigentlich sind Paradiesvögel für ihr farbenfrohes Gefieder bekannt, doch einige haben derart schwarze Federn, dass sie gerade mal 0,05 bis 0,31 Prozent der einfallenden Strahlung reflektieren. Damit absorbiert das Gefieder der Paradiesvögel ähnlich viel wie das schwärzeste künstlich hergestellte Material „Vantablack". Die Farbe absorbiert nämlich über 99,96% allen Lichts. Das Schwarz ist damit schwärzer als jedes schwarz, nur ein wenig heller als ein schwarzes Loch und das sieht man ja auch nicht. Die Federn haben das schwärzeste Schwarz im gesamten Tierreich. Lediglich Tiefsee-Anglerfische (Oneirodes) können mit ihrer ultraschwarzen Haut mithalten.

Dafür besitzen wie das schönste schwarz, nämlich rabenschwarz.

Natürlich gibt es außer uns Rabenartigen noch andere schwarze Vögel in unserer Gegend, zum Beispiel die gewöhnlichen Amseln, Schwarzspechte und Stare. Ich habe bei einem Fahrradausflug mit Wilhelm und Luise in den Hammewiesen große Starenschwärme, die spektakuläre Formationsflüge vollführten, gesehen. In der letzten Woche war zum ersten Mal ein Star bei Luises Futterstation zu Gast. Ich gebe gern zu, überrascht gewesen zu sein von dem metallisch grün, blau oder violett glänzenden Gefieder. Wahrlich schöne Vögel.

Wilhelm erzählte mir von einem zwar unspektakulären, aber sehr schönem Erlebnis mit Staren. In einem riesigen Walnussbaum auf dem Grundstück seines Jugendfreundes Fidi tobten an die Hundert Stare im Geäst. Dabei waren sie sehr laut und schienen den Hofhund Marko und die Zwerghühner zu verspotten, in dem sie Geräusche wie Bellen oder Gackern täuschend echt imitierten. Fast so musikalisch und talentiert wie ich. Aber richtig berührend empfang Wilhelm die Beobachtung von Staren, die unter einer Dachgaube nur einen Meter entfernt ihre Jungen im Nest fütterten. Er sagte, ursprünglich wollte er das Schauspiel fotografieren, unterließ es jedoch, um die Tiere nicht zu stören.

Trauerschwäne, Trauerenten oder Blesshühner sieht man bei uns eher selten, was bei der großen Anzahl meiner Artgenossen auch nicht stört.

Cindy und Bert
„Neuheiten, Sensationen, Wunder!"
Noch im Landeanflug rief ich es Wilhelm zu. Die meisten meiner Erkundungsflüge verliefen ziemlich ereignislos, wenn nicht gar langweilig.
Wilhelm und auch Luise sahen mich gespannt an.
„Ähm", ich hüstelte. „Ich glaube, wegen meines trockenen Halses kann ich kaum reden." „Luise, ein Weizenbier für Ludwig. Bitte!"
Luise gehorchte ungern, war jedoch ebenso neugierig wie ihr Gatte. Köstlich, ich nahm einen Schluck und begann meinen Report.

„Also, heute Morgen überflog ich das Grundstück von Bernhard und Ilse und was sah ich? Oder besser gesagt, was sah ich nicht?!"
Ich legte eine theatralische Pause ein.

„Kozlowski, Urban Kozlowski war nicht da." Wilhelm und Luise sahen sich erschrocken an. „Das ist in der Tat ungewöhnlich, da muss etwas passiert sein. Ich frage nachher Bernhard.
Vielleich sollte ich ihm sogar helfen, damit er nicht trockenfällt."
„Gute Idee", meinte Luise.

„Weiter, gibt es noch mehr?" Ich nahm einen weiteren Schluck und ließ sie zappeln. „Oh ja, Anton und Beton haben eine neue, wunderschöne Holzbank, sogar mit Tisch." „Gut, die testen wir bei nächster Gelegenheit. Noch mehr Neuigkeiten?"
Ich reckte mich. „Und ob, geradezu eine kleine Sensation." Ihr wisst, ich bin ein charmant zurückhaltender Vogel. Ich berichte euch jetzt von einem Kuriosum, das jeder andere marktschreierisch verkünden würde, mit aller gebotenen Ruhe und Würde. Ein Ereignis von historischem Ausmaß, ein Ereignis, von dem ich nicht glaubte, dass es zu meinen Lebzeiten noch passieren würde."
Die beiden platzten beinahe vor Neugier. „Nun, sag schon", riefen beide im Chor.
„Die Karre ist leer!"
„Unglaublich, unfassbar, phänomenal, ein Wunder. Dass ich das noch erleben darf." Luise was fassungslos.
Die bunte Schubkarre, die eher an eine Skulptur als an eine bewegliche Karre mit Rädern erinnerte, stand seit sieben Monaten direkt am Haus von Cindy und Bert. Sie war voll mit Hundekot und Reisig. Dieses Monument, dieses Zeugnis von gärtnerischer Barbarei war verschwunden? Einfach so?
„Übrigens habe ich auf einem Brief die richtigen Namen gelesen. Sie heißen nicht Dick und Doof, auch nicht Stan und Olli, sondern Cindy und Bert, Krause mit Nachnamen."

Verwandtschaft

Meine Familie der Rabenvögel ist sehr groß und weit verbreitet. Die zoologische Nomenklatur der Menschen ordnet uns in die Familie der Corvidae oder Rabenvögel aus der Ordnung der Sperlingsvögel ein. Es gibt sieben Gruppen: Häher, Tannenhäher, Wüstenhäher, Elstern, Alpenkrähen und Alpendohlen, Pipas und natürlich Raben. Es gibt etwa 120 Arten, die ich allerdings nicht alle kenne. Wir sind Singvögel.

Wilhelm erzählte mir, er habe bereits im Jahre 1968 eine Invasion aus dem Osten erlebt. Hunderte Tannenhäher, die aus irgendeinem Grund aus Sibirien in den Westen kamen, bevölkerten die Straßen und insbesondere den Sportplatz in Worpswede. Warum dies geschah, konnte er nicht sagen, denn es war Sommer und somit auch in Sibirien genug Futter vorhanden. Aber Wilhelm meinte, solange nur friedliche Vögel aus dem Osten hier einfallen, ist der Grund nebensächlich.

Die Eichelhäher, auch Wächter des Waldes genannt, sind ziemlich bunt und hübsch. Bei Gefahr machen sie reichlich Spektakel und ihr Repertoire an Tönen ist erstaunlich vielfältig. So können sie den miauenden Ruf eines Bussards derart gut kopieren, dass potentielle Opfer sofort die Flucht ergreifen.

Ebenfalls eine Besonderheit stellen meine kleinen Verwandten, die Dohlen da. Sie verfügen über einen auffallend stechenden Blick, der offenbar dazu dient, Eindringlinge von ihren Nestern und Küken abzuhalten. Ein stechender Blick scheint sich in der Evolution bei einigen anderen Tieren ebenfalls durchaus bewehrt zu haben.

Auch eine gewisse Frau Alice Schwarzer soll als „Hexe mit dem stechenden Blick" verunglimpft worden sein, obwohl sie wahrscheinlich keine Angst davor haben musste, dass irgendjemand versuchen sollte, bei ihr einzudringen.

Augenkontakt ist wichtig, sollte aber natürlich bleiben. Ein zu stechender Blick sorgt beim Gegenüber für Unwohlsein und macht skeptisch. Denn gerade Lügner und Politiker suchen intensiven Augenkontakt, um von ihrer Unsicherheit oder Inkompetenz abzulenken.

Vor vielen Millionen Jahren soll einer meiner Urahnen, ein Vertreter der schon lange ausgestorbenen Gattung „Miocorax" im Gebiet des heutigen Frankreich gelebt haben. Dort wird noch heute zu Ehren meiner Vorfahren ein besonderer Wein, der Corbeaux, hegestellt.

Ich will nicht alle Krähen, Häher, Raben, Elstern oder Dohlen vorstellen, es sind einfach zu viele und es würde auch von meiner Einzigartigkeit ablenken. Wir Rabenkrähen verstehen uns mit unseren nächsten Verwandten, den Saatkrähen und Dohlen sehr gut. Auch mit Elstern und Hähern, den schackernden Vettern und Basen, haben wir keine Probleme.

Nur der Kolkrabe ist nicht unser Freund. Er ist groß und wirkt manchmal überheblich. Möglicherweise sind meine Kollegen etwas neidisch auf den „Corvo imperiale", wie die Italiener den Kaiserraben nennen.

Die spinnen, die Italiener, imperial ist ein Attribut, das mir zusteht.

Erziehung und Kinderstube

Dass Elise und ich sowieso aus gutem Hause stammen, dürfte jedem klar sein. Genau wie unsere Eltern und Großeltern sind wir ausgesprochen fürsorgliche Eltern. Das muss auch so sein, denn unsere Kinder kommen als Nesthocker zur Welt. Nackt, blind und hilflos. Dem Nachwuchs renommierter Revierraben wird aber nicht nur das Überleben gesichert, nein, sie werden auch erzogen und geschult.

Spielerische Flugkünste, Mut und Geschicklichkeit aber auch soziales Verhalten bringen wir ihnen bei. Obwohl Elise dagegen war, habe ich unsere pubertierenden Kinder ermutigt, sich einer Jugendgang in unserer Nähe anzuschließen. Was bei Menschen ein Sportverein oder manchmal auch die Schule leistet, übernimmt bei uns Raben die Gemeinschaft mit Artgenossen, in der sie soziale Kompetenz erlangen. In Verbindung mit meiner Lehrtätigkeit bekommen sie so das Rüstzeug für ihr späteres Leben. Elise hat zugestimmt, denn ich habe ihr klargemacht, dass, wenn die Zeit reif ist, ein Loslassen fürsorglicher ist als das so genannte Helikopterverhalten vieler menschlicher Eltern. Wir sind eben die besseren Eltern. Den meisten meiner erwachsenen Rabenbande hatte ich Rabea, Albert und Nikolaus bereits vorgestellt, sie verstanden sich prächtig.

Heute am frühen Morgen, als nach dichtem Nebel die Sonne durch die Wolken brach, machten wir uns auf die Suche nach meinen Wildschweinen. In den Feldern zwischen Neu St.-Jürgen und Tarmstedt bemerkte ich zunächst nur einen leichten Maggi-Geruch. Bei uns Singvögeln spielt der Geruchssinn zwar keine überragende Rolle, aber penetranten Gestank bemerkten wir natürlich. Ich sah Heiko, den alten Keiler.

Ich gab den Dreien zu verstehen, bei der Landung vorsichtig zu sein. Alte, gebrechliche Senioren können gefährlich sein. Sie schätzen Situationen oftmals falsch ein und die daraus resultierende Unsicherheit kann Wut erzeugen, die sich ungehemmt in Wutausbrüchen entlädt. Heiko jedoch hob seinen nahezu kahlen Kopf und sah uns aus müden Augen milde an. Kein Vergleich zu dem tatkräftigen, temperamentvollen Heiko, den ich zugeritten hatte. Heiko war müde und harmlos, er wedelte nicht mal mehr mit dem Schwanz.

„Tschüss Heiko!", „Tschüss Heiko" riefen auch die gut erzogenen Kinder. Heiko grunzte nur unverständlich.

Ganz in der Nähe stießen wir auf einen jungen Keiler. Ich kannte ihn bereits und machte ihm klar, dass meine Kinder Reitstunden bei ihm nehmen sollten. Es sollte allen Spaß machen. Wir Raben spielen gern und Schweinen tut Bewegung gut und bewahrt sie vor Verfettung. Er verstand und war einverstanden. Alle hatten viel Spaß bei einem wilden Ritt durch die Maispflanzen. Wir nannten unseren Keiler „Moped".

Moped, Rabea, Albert und Nikolaus schienen sehr zufrieden. Trotzdem ermahnte ich meine Kleinen noch vor dem Weiterflug. „Denkt immer daran, dass Wölfe und auch Wildschweine nicht aggressiv sind. Im Gegenteil, sie mögen uns und verhalten sich freundlich und zuvorkommend. Aber ihr müsst sie respektieren, verstanden?!" „Jawohl, Papa!"

Nach einem kurzen Flug entdeckte ich meine Freunde, die Wölfe. Die Chefs im Wolfsrudel, die Eltern, beachteten uns kaum. Man kannte sich und sie kümmerten sich liebevoll um ihre Welpen. Aber die Jährlinge Gertrud und ihre Brüder Oskar, Erich und Helfried quiekten und winselten vor Freude. Sie waren derart freudig erregt, dass sie im Überschwang der Gefühle wild herumtollten und uns fast erdrückten. Die kleinen Raben und die kleinen Wölfe verstanden sich auf Anhieb, so dass eine latent vorhandene Spannung von mir abfiel.

Menschen, Wölfe und Raben bilden soziale Gruppen, sie haben eine dauerhafte familiäre Beziehung. Wölfe und Raben, sehr selten auch Menschen, spielen miteinander, treiben Schabernack und unternehmen oft zusammen Ausflüge durch Feld und Flur.

So wie Hugin und Munin Augen und Kundschafter für Odin, dem Gott und Herrscher über Asgard und alle anderen Welten, sind, so dienen wir den Wölfen als Augen. Allerdings lassen wir uns nicht von irgendjemandem vereinnahmen, schon garnicht von einem Gott. Wir erkunden die Umgebung aus eigenem Interesse, denn wir leben mit den Wölfen in einer Symbiose. Tierische Kooperationen mit anderen Arten gibt es etwa auch zwischen Mensch und Hund oder zwischen Menschen und Nutztieren, aber den Nutzen haben immer Menschen. Katzen oder Papageien etwa vertragen sich, doch von einer Zusammenarbeit kann keine Rede sein. Nur Hunde können als nützliche Helfer fungieren, etwa Polizeihunde oder Blindenhunde.

Genau wie ich mich im letzten Jahr als Knabe mit den Jungwölfen angefreundet hatte, so taten meine Kinder es mir gleich. Die kleinen neugeborenen Welpen verließen ihre Höhle und sahen neben ihren Familienmitgliedern sofort die schwarzen Vögel. Sie prägten sich unseren Geruch und unsere Gestalt ein.

So begann wieder eine echte Freundschaft, die nichts mit dem Phänomen der Prägung, wie Konrad Lorenz sie erforscht hatte, gemein hat.

Radtour

Julius war für ein langes Wochenende zu Besuch gekommen. Da Wilhelm, Luise und ich schon vor einigen Wochen beschlossen hatten, eine Radtour in die Hammewiesen zu unternehmen, freuten wir uns über seine Begleitung.

Wilhelm meinte, bei einer Radtour müsse man immer ein Ziel haben. Fahrradfahren, auch mit den für Rentner mittlerweile obligatorischen E-Bikes, sei extrem kräftezehrend. Energieräuber wie Bewegung kosten Kraft und Nerven. Außerdem bestehe die Gefahr einer Dehydration. Kurz gesagt, ohne Bratwurst und Bier gibt es keine Fahrradtour. Ich war ganz seiner Meinung.

Ich stellte mir das Fahrradfahren als etwas höchst Angenehmes und Spannendes vor und war überzeugt, dass nun, da ich mich im zweiten Lebensjahr befinde und Lebenserfahrung und Reife genug gesammelt hatte, den Gefahren, die der Straßenverkehr bot, Paroli bieten zu können. Für mich, einen unerfahrenen Jüngling war die Zeit gekommen, mich der großen, weiten Welt zu stellen.

„Manchmal ist das Leben ganz schön leicht. Zwei Räder, ein Lenker und das reicht", singt Max Raabe. Wer Raabe heißt kann nicht ganz dumm sein. Der Lenker dient neben seiner eigentlichen Funktion auch als Sitzstange, die Wilhelm passgenau für meine zarten Füße mit rutschfestem Teflonband präpariert hatte.

Um dem mörderischen Verkehr in Worpswede zu umgehen, radelten wir auf Schleichwegen zum Hammeweg, einer Nebenstraße, die allerdings stark frequentiert war. Es wäre einfach schön, wären nicht so viele andere Rad- und Autofahrer unterwegs.

Rüpelhafte Radrennfahrer, trödelnde Rentner, Handy-Plaudertaschen, Mamis mit Kind oder Hund im Anhänger, drei beste Freundinnen, die ratschend und tratschend nebeneinander herfahren und falsch parkende Autos. Das sind verdrießliche und nervenaufreibende Begleiterscheinungen. Aber es gibt Schlimmeres.

Nordic Walking

„Was ist das denn?" Wilhelm schien verärgert, geradezu empört.
„Was ist denn los?", Luise konnte keinen Grund für seine Gereiztheit erkennen. Ich schon.
„Platz da!", herrschte Wilhelm die Hüftbrigade an und klingelte heftig. Vor uns wälzten sich sechs oder sieben Frauen ungeordnet und Stöcke unkoordiniert herumwirbelnd auf der Straße entlang.

Die Angst, von den Stöcken erstochen zu werden, hinderte uns zunächst an einem Überholmanöver. Diese aufgepeppten Spaziergänger, an Brauereipferde erinnernden Pseudosportler, waren eine Zumutung. Gemeingefährliche, rücksichtslose Frauen in viel zu engem, quietschbuntem Nordic Walking Outfit bedrohten unsere gute Stimmung und unser Weiterkommen. Wilhelm meinte, er habe nichts gegen enge Sportkleidung einzuwenden, wenn nur die richtigen Formen darin steckten.

„Luise, Julius, bereitmachen zum Überholen, bleibt dicht hinter mir. Schaltet die Turbostufe ein, senkt den Oberkörper ab und folgt mir. Wir schleppen uns im Windschatten ran und starten einen Überraschungsangriff."

„Attacke!! Wilhelm brüllte und trat in die Pedale. Der warme Fahrtwind zerrte an meinem Gefieder. Julius, der auf einem herkömmlichen Fahrrad ohne Elektrounterstützung radelte, hatte ebenfalls dank seiner guten Kondition keine Probleme mit unserer Geschwindigkeit. Wir scherten aus und rasten an der Horde vorbei. Ich glaube, die schnatternden Frauen waren nur mit sich selbst beschäftigt und derart laut und hysterisch, dass sie von dem Vorgang nichts mitbekommen haben. Mir machte es Spaß, viel mehr Spaß als das Reiten mit dem Keiler „Moped".

Beinahe sofort wurde die Luft klarer und die Lärmbelästigung sank auf ein erträgliches Maß.

Wir kamen gut voran und kehrten im Bistro an der Hamme ein. Glücklicherweise konnten wir einen Platz auf dem Schwimm-Ponton ergattern. Ich fiel natürlich sofort auf.

„Oh seht mal, eine zahme Krähe!"

„Ich bin nicht gezähmt, ich bin gebildet, ihr Idioten!"

Spieglein, Spieglein

Noch vor gar nicht so langer Zeit hielten die Menschen die Selbstwahrnehmung für eines der Merkmale, die Menschen von Tieren unterscheiden. Mal abgesehen von der Tatsache, dass Menschen per Definition ebenfalls Tiere sind - sie gehören zur Familie der Menschenaffen - ist der Spiegeltest für uns Raben keine Hürde. Auch Schimpansen und andere Affen, Schweine, Delphine und andere Wale sowie Elefanten können sich im Spiegel erkennen. Vielleicht haben sie sogar ein Ichbewusstsein.

Ich gebe gern zu, ein wenig eitel zu sein, aber gegen ein gepflegtes Aussehen ist ja nichts einzuwenden.

Kaum angekommen, bückte ich mich über den Rand, um mein Spiegelbild auf der glatten Wasseroberfläche zu betrachten. Was ich sah, machte mich stolz. Ich bemerkte mit Vergnügen, dass mein wohlgeformtes Äußeres und die jugendliche Frische etwas Ehrfurcht gebietendes darstellte. Allerdings musste ich erkennen, dass mein Adoniskörper dem Tyrannen, genannt Appetit, Tribut gezollt hatte. Ich hatte tatsächlich zugenommen.

Dieser Erkenntnis ungeachtet, erfreute ich mich indessen doch eines außerordentlichen körperlichen Wohlbefindens. Man muss lernen, in Würde alt und etwas fülliger zu werden.

„Was meint ihr, soll ich ein kleines Lied zum Besten geben oder lieber einige akrobatische Flugkünste vorführen?" Wilhelm und Luise waren sich einig. „Nein, verhalte dich still!"

„Ich könnte auch einen Vortrag halten über Aerodynamik und Thermik, oder doch lieber über „Schwarze Löcher"?"

Julius brachte es auf den Punkt. „Lieber Ludwig, ich meine, von einem Vogel erwarten die Gäste weder musikalische noch wissenschaftliche Ergüsse. Also flieg!"

Flugschau

Hoch über den staunenden Besuchern zog ich meine Kreise. Zwischendurch legte ich meine Schwingen an und ließ mich fallen, überschlug mich ein paarmal wirbelnd und fing mich wieder auf. In großer Höhe, fast über den Wolken, gelang mir ein sehenswerter dreifacher Looping. Mit meinen eindrucksvollen Flugkünsten und den waghalsigen Manövern, die andere Vögel als lahme Enten aussehen ließen, brachte ich das Publikum zum Toben.

Als ich formvollendet auf dem ausgestreckten Arm von Wilhelm landete, fielen sich fremde Menschen in die Arme, einige fingen an zu weinen. Freudenschreie und Bravo-Rufe klangen ringsherum.

Dass ich bei den Ovationen eine Stellung einnahm, die jedem auf den ersten Blick den gebildeten, wohlerzogenen Raben verraten musste, versteht sich von selbst.

Wilhelm rutschte auf seinem Sitz hin und her und man merkte seinem Gesicht an, dass sich eine nicht definierbare Empfindung seiner zu bemächtigen begann. Er erhob sich und lokalisierte den Grund seines Unbehagens. Er hatte nasse Hosen.

„Irgendein Idiot muss hier mit einer nassen Badehose gesessen haben", schnaubte er. Als dann auch noch mit der Unausweichlichkeit eines Vorortzuges das Nordic Walking Geschwader mit klackernden Stöcken einfiel, war es mit seiner Contenance endgültig vorbei.

„Wir brechen auf!"

Der Vorortzug war eigentlich der so genannte nostalgische Moorexpress, ein Symbol unserer Teufelsmoorlandschaft. Allerdings passte der ruhestörende, aufreibende Tut- und Pfeifton, von dem einige Fahrer meinten, minutenlang sämtliche in Gleisnähe lebenden Bewohner malträtieren zu müssen, so gar nicht zur lieblichen Umgebung. Unerhört und unüberhörbar!

War der Begriff „Express" vor hundert Jahren noch angebracht, so hat er heute die gleiche Qualität wie etwa Pünktlichkeit bei der „Deutschen Bahn".

Wir brachen auf. Die nächste Station sollte "Melchers Hütte" sein. Eine urige Lokalität, malerisch direkt am Wasser gelegen, bot sie zwar keinen Strom, dafür aber Labung in Form von Bratwurst und Bier.

Wir hatten kaum die Hammebrücke in Neu-Helgoland überquert, begann Wilhelm zu dozieren. „An unserem kleinen, vergnüglichen Ausflug mit dem Fahrrad könnt ihr erkennen, wie sich das Teufelsmoor und die Zeit verändert hat. Wo wir die schöne Landschaft genießen und uns an der Natur und sogar den Krähen erfreuen, empfanden die ersten Siedler im 18. Jahrhundert die Gegend als große, sumpfige Trostlosigkeit. Keine Entwässerungsgräben, die dem trüben Moorwasser zum Abzug hätten dienen können, dafür nur unendliche Lachen, wimmelnd von zahllosen Amphibien, Schlangen und Millionen von Insekten.

Heute lädt unser Moorfluß zum Baden oder zu vielen Wassersportarten ein, während sich die Wassermassen früher nur trübe dahinwälzten. Ihr könnt froh sein, nicht in der "guten, alten Zeit" zu leben."

Links und rechts vom staubigen, mit Schotter befestigten Feldweg schnatterten für uns unsichtbar in den Gräben Stockenten, hier und da huschte auch mal ein Wiesel über den Weg und über unseren Köpfen meckerten die „Himmelsziegen", wie die Bekassine auch genannt werden.

An der Brücke am „Breiten Wasser" standen einige Fahrradfahrer und freuten sich über Hunderte von Graugänsen, die sich am oder im Wasser aufhielten. Komische Menschen, die sich für Gänse oder Kraniche begeistern konnten, uns Rabenvögel jedoch unterstellten, wir seien eine lärmende Bande.

Bacardi

„Guck mal, was ist das für ein komischer Vogel, der sieht aus wie eine Mischung aus Amsel und Frosch!" Wilhelm zeigte auf einen kleinen ungepflegt wirkenden Vogel, der aufgeregt am Ufer eines Seitenarms der Beek hin und her tippelte. „Den kenne ich, das ist Bacardi."

Bacardi machte einen verwirrten Eindruck. Seine grauen Zellen schienen hart zu arbeiten, denn der Kleine steckte seinen Kopf reflexartig unter das Gefieder, um ihn zu kratzen. Diese Geste, eine typische Übersprunghandlung, die auch so ähnlich bei Menschen vorkommt, zeigte seine ganze Ratlosigkeit. Bacardi war gestresst.

Wilhelm meinte, dieses Zeichen für Ratlosigkeit würde ihn an den Stummfilmschauspieler Stan Laurel erinnern, der seine häufige Verwunderung auch meistens mit dem Kratzen seiner Haarbüschel unterstrich.

„Hallo Bacardi, was ist los mit dir? Du siehst aus wie ein lebendiges Fragezeichen." „Ja, guck mal, weg!"

„Wer oder was ist weg?" „Du, äh, da, guck da, weg. Das Loch ist weg, einfach so. Spurlos verschwunden." „Ach so, du meinst das Loch. Das ist noch da, nur der Rand ist verschwunden, man nennt es auch geschmolzen. Such mal flussabwärts weiter. Tschüss!"

Wir radelten weiter und ließen einen völlig konsternierten Vogel zurück. Julius zwinkerte mir zu. „Das macht man aber nicht, jemandem zur eigenen Belustigung die Unwahrheit zu erzählen." „Doch, du weißt doch, wir Raben lügen und betrügen, genau wie ihr." Julius ließ nicht locker. „Ich gebe zu, jemanden auf den Arm zu nehmen ist manchmal recht erheiternd, auch für mich. Aber bedenke, dass der Respekt und die Achtung, die ein Mensch oder ein Rabe seinem Gegenüber schenkt, viel über den eigenen Charakter aussagt."

Möwen

Wir radelten am Wasser entlang. Obwohl ich keine Möwe bin, liebe ich diese wunderbare, wasserreiche Landschaft der Hammeniederung. „Apropos Wilhelm, wo sind sie."
„Wer?"
„Sag mir, wo die Möwen sind, wo sind sie geblieben?!"
„In der Tat, die Frage ist berechtigt, da du richtigerweise davon ausgehst, dass in einer wasserreichen Umgebung, wie man sie an der Küste oder an Seen vorfindet, Möwen anzutreffen sind.
Tatsächlich haben hier vor Jahren noch Lachmöwen in großen, lautstarken Kolonien auf drei kleinen Inseln in der Beek gebrütet. Aber die Inseln sind verschwunden und mit ihnen die Brutgäste. Ich weiß nicht, wohin."

Melchers Hütte

Endlich angekommen. Die Strapazen haben ein Ende. Radfahren ist ausgesprochen anstrengend. Möglicherweise soll die Bewegung beim Tritt in die Pedale entspannend und Stress reduzierend wirken. Aber ich glaube, Menschen können sich nicht vorstellen, wie kraftraubend das Sitzen auf der Lenkstange bei Gegenwind ist. Ich bin ein Rabe und kein Supersportwagen, der über einen Heckspoiler verfügt, um den Anpressdruck zu erhöhen.

Melchers Hütte ist leider kein Geheimtipp und kein verwunschener Ort mehr. Dafür ist die Lokalität dank seiner Lage zu attraktiv.

Während noch vor Jahren die Bewirtung eigentlich keine war, da die Wirtin lieber, frei nach dem Motto, „das Einzige, was stört, ist der Gast", dem Getratsche und dem Schnaps huldigte, ist es heute mit dem neuen Pächter ein kleines Paradies, wo man sich in netter Gesellschaft stärken kann.

„Bratwurst, ohne Senf und ein kleines Säftchen bitte, aber zackig!", munterte ich Luise auf. Luise schaute mich strafend an, sagte aber nichts. Ich hole drei Moorbiere und für Ludwig eine Flasche Apfelsaft, dann kann Wilhelm die Bratwürste besorgen", empfahl Julius und entspannte die Situation. Und zu Luise gewandt sagte er „Und du suchst uns einen Platz im Schatten!"

„Wunderbar, herrlich und so süffig!" Alle waren begeistert. Ich auch, bis mir ein kleines Malheur passierte. Mir rutschte der letzte Zipfel der Wurst aus den Zehen. Der appetitliche Zipfel rutschte, fiel und rollte. Er rollte genau zum Nachbartisch, unter dem ein kleiner Spitz mit dickem, braunem Fell vor sich hindöste.

Es geschah nahezu gleichzeitig. Fiffi schnupperte und öffnete die Augen, als ich auch schon mit einem wagemutigen Sprung direkt vor ihm landete. Fiffi erschrak und fing aus Mangel an höherer Kultur an zu bellen und zu winseln. Ich schnappte das Wurstende und ließ den verängstigten Hund in Ruhe, da ich Hunger und zu einer Balgerei keine Lust hatte, zumal er als Gegner ohne Anstand und Bildung unwürdig erschien.

Ich spülte den kleinen Leckerbissen mit etwas Saft ab und verschlang ihn genüsslich. Mir reichte eine Wurst, Julius und Wilhelm verspeisten noch zwei weitere, während ich mich auf meinem Stuhl sonnte und allerlei tiefsinnige Betrachtungen anstellte.

Der Heimweg verlief reibungslos. Obwohl ein imposanter Seeadler hoch oben am Himmel kreiste, zog ich es vor, zu fliegen, blieb aber aus Sicherheitsgründen in der Nähe der Fahrradgruppe.

Wie uns der Schnabel gewachsen ist

Wir Raben leben in einem komplexen Gefüge mit unseren Artgenossen. Genau wie Menschen haben wir soziale Strukturen, wir haben Freunde, Tiere, die uns nahezu egal sind und natürlich auch Vögel, die wir nicht mögen. Da wir uns in Schwärmen von hunderten Tieren gemeinsam in einem Brutgebiet aufhalten, müssen wir uns arrangieren. Wir helfen uns, wir warnen uns vor Feinden und wir unterhalten uns. Das setzt voraus, dass wir eine sehr differenzierte Sprache haben, die weit komplexer ist als es menschliche Banausen wahrhaben wollen. So haben wir unter anderem verschiedene Alarmsignale für Katzen, Greifvögel und Menschen. Ich habe es nicht gezählt, aber Wissenschaftler haben über 250 verschiedene Laute gezählt. Ich weiß es natürlich besser. Es sind weitaus mehr, darüber hinaus verwenden wir zwei Gesprächsmodi, quasi Dialekte. Einen lauten für Unterhaltungen innerhalb der Gruppe und einen leisen für Privatgespräche innerhalb der Familie.

Wir sind Persönlichkeiten und nennen uns daher beim Namen. Zunamen kennen wir nicht, nur hin und wieder hängen wir einen Nachnamen, der eine Beschreibung des Verhaltens oder des Aussehens beinhaltet, an.

Da gibt es zum Beispiel Gerda Praline, Robert Stümper, Annabella Plagiata oder einfach nur „der Ballon" statt Ricarda und natürlich Beinamen wie „der Große" oder „das Genie" und andere Beschreibungen für mich.

Übrigens ist der grüne Albtraum beendet. Unser wunderbarer A-cappella-Rabenchor begleitete Annabellas Abflug mit einem alten, schnulzigen Lied von Adamo: *„Es geht eine Träne auf Reisen"*.

Annabella und alle anderen Chaoten sind nach ihrem Rauswurf unauffindbar. Die meisten sind weggeflogen oder weggehüpft, nur der „Ballon" soll wegen des leichten Gefälles weggerollt sein.

Wale und Robben besitzen den „Blubber", eine fettreiche Gewebeschicht, die ihnen als Kälteschutz, Energiespeicher und Auftriebskörper dient, aber bei Ricarda schützt die schwabbelige Fettschicht wahrscheinlich auch gegen Fressfeinde wie Füchse, Wölfe, Wildschweine oder sogar Löwen.

Der Bereich des Baumes, in dem die Chaoten ihr Unwesen getrieben hatten, und der anfänglich erstaunlich grün erschien, war total verdorrt. Ich hoffe, dass der Schaden, den diese stümperhaften Einfaltspinsel angerichtet haben, sich wieder beheben lässt. Wie auch immer, es braucht Zeit. Zu allem Unglück erreichte uns in diesem desolaten Zustand das Sturmtief „Poly" mit stürmischem Wind und orkanartigen Böen. Mit vereinten Kräften und auch mit Hilfe von Wilhelm konnten wir die meisten Schäden beheben.

Es braust der Sturm, es heult der Wind

Nicht nur unsere Eiche hat „Poly" durchgeschüttelt, auch in den Gärten in meiner Nachbarschaft hat er gewütet. Mit Orkanböen bis zu 120 km/h ist das für den Sommer ein ungewöhnlich heftiger Sturm, der zudem auf voll belaubte Bäume, die dem Wind große Angriffsflächen bieten, trifft.

Genau wie in Ludwigs „Pastorale" ein heftiges Gewitter und ein gewaltiger Sturm das lustige Zusammensein der Landleute stört, so wird die Zusammenkunft von Wilhelm, Luise mit mir und meiner Familie gleichsam verblasen. Während draußen grollender Donner die Bedrohung meiner Familie verdeutlicht, sieht es im Wohnzimmer trocken und gemütlich aus.

„Wilhelm und Luise, ihr seid verständige, freundliche Menschen, so dass ich mir erlaube vorzuschlagen, unsere Zusammenkunft im Esszimmer fortzusetzen."

Wilhelm grinste, Elise war es peinlich und meine Kinder applaudierten. Nur Luise machte ein derart sauertöpfisches Gesicht als wolle sie dem Sturm Paroli bieten. Die ersten Regentropfen kündigten Unheil an.

„Wenn wir schon im Esszimmer sitzen, sollten wir in diesem nicht nur plaudern, sondern das tun, wozu es gedacht ist. Ich bedanke mich schon mal für die Einladung und verspreche, euer Leben durch unsere Anwesenheit zu bereichern und, um nicht zu stören, überlasse ich euch das Auftragen der Speisen und Getränke."

„Ungebetene Gäste, die sich selbst einladen, sind mir nicht willkommen. Raus! Sofort raus hier!" Luise war wütend, ihrem Gesicht fehlte Farbe, es war blass-grau. Sie fasste sich an den Oberbauch und lallte nur noch.

Wilhelm griff ein, er war sichtbar beunruhigt. „Luise, reg dich nicht auf. Du hast recht, diese Aktion von Ludwig ist übergriffig und frech." „Ludwig, du und deine Bagage könnt den Sturm im Enkelhaus genießen. Raus!"

Am nächsten Morgen hatten sich mein Groll und der Sturm gelegt. Obwohl wir durch die brausenden Lüfte, die schwarze Wolken vor sich hertrieben, mit ritterlichem Heldenmut hergeflogen waren, wurden wir derart düpiert. Genau genommen wurde nur ich herabgewürdigt, denn Elise war genau wie Luise und auch meine Kinder der Meinung, ich hätte mich gestern danebenbenommen. Wilhelm hatte sich wieder gefangen, da es Luise wieder gut ging. Er servierte uns ein dürftiges Frühstück und bat uns, seinen Garten danach zu verlassen, da er aufräumen müsse.

Alles in Ordnung

Wir flogen nach Hause zu unserem Baum. Unterwegs beobachteten wir, dass alle Bewohner in der Nachbarschaft fleißig dabei waren, Spuren des Sturms zu beseitigen.

Alle Bewohner? Nein! Ein unbeugsames, gegen Unrat und Ordnung gefeites Ehepaar widersetzt sich dem Drang, ein gepflegtes Umfeld zu schaffen.

Wilhelm und Luise sowie fast alle Nachbarn hatten ein gesundes Verständnis für Garten- und Vorgartenpflege. Es gab keinen pervertierten Ordnungswahn, sie waren weder spießig noch engstirnig und der Rasen, in dem sich auch mal ein Gänseblümchen verirren durfte, musste nicht exakt drei Zentimeter mit der Nagelschere gestutzt sein. Auch gab es weder grausame Schottergärten noch gruselige Gartenzwerge.

Die Einzigen, die garnicht daran dachten, aufzuräumen, waren Cindy und Bert Krause. Aber warum sollten sie auch, es gab schließlich keinen Grund. Ein bisschen mehr oder weniger Laub, Geäst und Müll fällt niemandem auf. Außerdem konnten die Hunde, es waren inzwischen zwei, ihre Tretminen besser verbergen. Dass der kleine Junge keine Spielgefährten hat und genau wie die Hunde auch bei gutem Wetter kaum draußen war, war zwar Gesprächsthema, hat uns aber nicht zu interessieren, meint Wilhelm. Man kann niemanden zu frischer, für Körper und Seele gesunder Luft, zwingen, aber ein ungutes Gefühl hatten Luise und Wilhelm schon.

Während das Klirren von Geschirr beim Eindecken des Mittagstisches oder das Geräusch von brutzelndem Fleisch in der Pfanne bei Wilhelm ähnlich gute Stimmungen erzeugten wie die „Good Vibrations" der Beach Boys, so grenzten der Krach beim Einräumen von Tellern und Besteck in den Geschirrspüler oder die „Herzilein"- Volksmusikfetzen, die von Bernhard herüberwehten, für

Wilhelm an Körperverletzung. Kinderlärm jedoch ist für Wilhelm und Luise keine Belästigung. Kinder spielen, rufen, singen und plantschen im Pool, kleine Babys weinen. Kinder, die ihrem Drang zum Toben und Spielen lautstark nachgeben, gehören in einer intakten Umgebung dazu. Bei Kindern, die man nicht sieht oder hört, muss man sich fragen, warum das so ist.

Die unendliche Geschichte

Albert Camus war der Meinung, das Absurde könne jedem Menschen »an jeder Straßenbiegung« begegnen.

Oder auch in der direkten Nachbarschaft (nicht von Camus). Seit einigen Monaten sind Arbeiter damit beschäftigt, bei Cindy und Bert eine neue Terrasse zu bauen. Dass dabei viel Dreck und Lärm entsteht, fällt keinem auf, an diesem Zustand ist man in der Nachbarschaft gewöhnt.

Eine Terrasse ist an sich etwas sehr Wichtiges und Schönes. Sie ist bei gutem Wetter ein perfekter Platz zum Entspannen und Verweilen. Aber wenn luft- und lichtscheue Menschen eine Terrasse bauen lassen, die sie wahrscheinlich nie benutzen, geschweige denn pflegen werden, dann ist das in etwa ebenso absurd wie einen Vogelkäfig für einen Goldfisch zu kaufen.

Stolz und Ego

Auch wenn Elise und meine Kinder der Meinung waren, meine Eigeneinladung zum Essen sei etwas zu forsch gewesen, stand ich auf dem Standpunkt, dass jeder andere stolz auf einen so wunderbaren und berühmten Gast wie mich gewesen wäre. Ich wollte Wilhelm und natürlich erst recht Luise mein Missfallen durch Nichtbeachtung kundtun. Zwei Wochen waren seit dem unwürdigen

Spektakel mit Sturm und Ausweisung vergangen und dummerweise hatte ich keine Bestechungsleckerlies, keinen Joghurt und keine Fleischspeisen mehr zu bieten. Heute Morgen musste ich bereits Gerda Praline abwimmeln, die mich in meinem Stammbaum besuchte und sich wie nebenbei, so als wäre ihr es vollkommen egal, nach Schokolade erkundigte. Als ich ihr mitteilte, keine Süßigkeiten zu haben, entfernte sie sich auffallend schnell.
„Macht nichts, macht nur dick und ist ungesund, Tschüss!"

Der dicke Wollibald hatte sich rargemacht. Vielleicht schmollte er noch, nachdem er sich bei seinem verunglückten Eisrutschen von dem Scheunendach im letzten Winter Jahr von uns verunglimpf wähnte. Wollibald, der seitdem stark humpelte, war zwar ein eigentlich liebenswürdiger, aber auch manchmal anstrengender Zeitgenosse. Er war neugierig, nervte ständig mit irgendwelchen Sprüchen und war extrem negativ eingestellt. Mal war es das Wetter, welches irgendwelche Menschen zu unseren Ungunsten beeinflusst hatten, mal die unfähige Regierung oder auch nur die schlechte Versorgungslage. „Alles Mist, hast du zufällig etwas Fleisch im Tausch gegen ein paar gute Ratschläge?" „Nein!"

Ich musste unwillkürlich an Cita denken, die als neue Chefin im Hause Wittlich das Zepter übernommen hatte. Cita war fröhlich, hatte einen ausgeprägten Sinn für ausgefallene Speisen und war nie schlecht gelaunt. Warum auch, sie hatte keinen Grund, denn sie wurde umsorgt und verwöhnt wie in einem 5 Sterne - Hotel. Vielleicht sollte ich die Fronten wechseln oder besser die Straßenseite. Ich hatte nicht vor, bei Wilhelm zu Kreuze zu kriechen und gedachte, aus der Not eine Tugend zu machen, behielt aber die Idee, mich von Resi bekochen zu lassen, im Hinterkopf. Ich versammelte meine Familie um mich.

Speis und Trank

Der Genuss guter Speisen und Getränke sorgt dafür, dass es Raben und Menschen sowohl körperlich als auch seelisch gut geht.

„Liebe Kinder, jeder kennt den Spruch „…schlau wie ein Rabe" und jeder weiß, dass Koalas niedlich aussehen, aber was in deren Schädel steckt, ist nicht sehr beeindruckend. Aber wozu braucht man Intelligenz, wenn man sich ausschließlich von den Blättern und der Rinde der Eukalyptusbäume ernährt. Wir Krähen und Raben sind eine der am stärksten verbreiteten Vogelgruppen der Welt, wir sind auf allen Kontinenten vertreten und wisst ihr, warum. Wir haben im Vergleich zu anderen Vögeln längere Flügel, einen größeren Körper und ein relativ größeres Gehirn. Wir besitzen eine unglaubliche Verhaltensflexibilität und können uns fast jeder Situation anpassen. Wer erfolgreich sein will, muss neue Nahrungsquellen erschließen können. Ich bringe euch bei, auch ohne Wilhelms Hilfe gut und satt zu überleben"

Schweinereien

Im Gegensatz zu einigen eifrigen Berliner Fotografen und Polizisten kannten wir Raben unsere Schweine sehr genau. Eine Verwechslung mit Löwen, Giraffen oder anderen Vertretern der afrikanischen Fauna war für uns schon wegen des typischen Maggi-Geruchs ausgeschlossen. Die Wildschweine dienten uns nicht nur als Sport- und Spaß-Schweine wie „Moped", sondern viele von uns ritten auf ihnen, um bei ihren Steifzügen hier und da etwas Futter abzustauben. Wenn sie mit ihren kräftigen, keilförmigen Schädeln durch den Boden pflügten, fielen für uns Würmer, Eicheln und Bucheckern oder auch schon mal eine kleine Wühlmaus ab. Die Schweine kennen uns und es macht ihnen scheinbar nichts aus, für uns gleichsam als Dosenöffner zu fungieren.

Nussknacker

Wie alle Raben fressen auch wir gern Nüsse, welche bekanntlich eine harte Schale haben. Da wir keinen Nussknacker zur Verfügung haben, sind wir wieder mal auf unsere Schlauheit und unseren Einfallsreichtum angewiesen. Um die Schalen zu öffnen gibt es verschiedene Techniken, zum Beispiel die Abwurftechnik. Unsere Kollegen fliegen in die Höhe und lassen die Walnuss gezielt auf Hausdächer, asphaltierte Straßen oder auch auf Autodächer fallen, was schon mal Ärger mit einem pingeligen Autobesitzer bedeuten kann. Natürlich können wir das Gewicht der Nuss und die Abwurfhöhe, die zum Zerspringen der Schale erforderlich ist, abschätzen. Wir prüfen anschließend die Lage - speziell bei Beulen im Autodach ist Vorsicht geboten – und genießen den Inhalt. Aber die Nüsse in der grünen Schale sind besonders süß und schmecken am besten und die bekommen wir auch mit ein paar gezielten Schnabelhieben auf.

Wilhelm erzählte mir von unseren japanischen Verwandten. In Tokio beobachtete man Krähen, welche die Nüsse nicht einfach auf den Boden fallen lassen, sondern sie deponierten sie während einer roten Ampelphase auf einem Zebrastreifen, ließen in der nächsten Grünphase die Autos als Nussknacker fungieren, um sich dann bei der nächsten sicheren Verkehrslage mit den Snacks zu belohnen. Clever!

„Denkt immer daran, alles was wir verzehren, soll ergiebig und hochwertig sein. Proteinhaltig, kohlenhydratreich und selbstverständlich schmackhaft. Wir haben einen sehr abwechslungsreichen Speiseplan, der tierische und pflanzliche Kost umfasst, wir sind genau wie Menschen Allesfresser. Aber auf die dumme Idee, uns vegetarisch oder gar vegan zu ernähren, würden wir nie kommen.

Getreide, Samen, Nüsse, aber auch Früchte und Gemüse schmecken uns, ab und zu mal eine kleine Meise oder auch Insekten, Spinnen oder Eier. Im Winter zeige ich euch, wie man angelt, obwohl ich nicht gern Fisch esse. Aber nehmt euch in Acht vor gesalzenen oder gerösteten Erdnüssen, die manchmal von Kohlmeisen gehortet werden. Die sind extrem ungesund. Ich meine natürlich die Erdnüsse, nicht die Meisen."

„Ja Papa, aber jetzt möchte ich frische Erdbeeren," „Halt den Schnabel Rabea und ihr anderen hört auf zu kichern!"

Vergeben, nicht vergessen

Abgesehen von dem heiklen, unkomfortablen Nahrungserwerb war mir die fehlende Harmonie im Verhältnis zu Wilhelm etwas unangenehm. Aber die meisten Probleme lösen sich von ganz alleine, man darf sie nur nicht dabei stören. Vielleicht war es der Wunsch nach Wiedergutmachung, der Wilhelm bewog, den Kontakt zu mir zu suchen. Ich war mindestens ebenso stur wie er, wobei ich für mich den Begriff „konsequent" vorziehe. Gerda war aufgeregt und sah wahrscheinlich wegen des Mangels an Schokolade unglücklich aus. „Guck mal, ich glaube da hinten winkt dein Mensch. Ist das nicht dein Wilhelm, der immer Leckereien bei sich hat?" Tatsächlich, Wilhelm winkte freundlich und rief meinen Namen. Aha, dachte ich. Er macht den ersten Schritt. Betont gelangweilt und etwas phlegmatisch sprach ich ihn an.

„Sage er, was er wünsche!" Anke, Irmgard und sogar Wollibald flüsterten und raunten mir zu, ich möge etwas freundlicher sein, denn sie hatten bereits den wohlgefüllten Fresskorb entdeckt. Selbst Anke, eine stets zurückhaltende schlanke Rabendame stieß mir unbeherrscht den Schnabel in die Seite, denn sie hatte ihr geliebtes Rührei gewittert.

Es gibt sicher Menschen und auch Raben, die gern streiten, aber die meisten wollen in Frieden mit sich und anderen sein, so auch ich. Genau wie Wilhelm gehe ich keinem Konflikt aus dem Weg und wenn sich zwei Sturköpfe begegnen, ist es schwer, sich zu versöhnen.

Aber wir vergeben fast immer, wenn wir verstehen. Verstehen ist die Einsicht, dass nicht nur der andere Schuld trägt.

Die meisten Raben wollen in Frieden mit sich und den anderen sein. Man ist dadurch nicht nur ruhiger und zufriedener, sondern auch satter.

„Wilhelm, ich vergebe dir deine Sünden und nehme deine Entschuldigung an, ich bin schließlich keine nachtragende Mimose."

„Entschuldigen wofür, ich bin bereit, dein unverschämtes Verhalten bei deiner dreisten Selbsteinladung nicht überzubewerten. Nicht mehr und nicht weniger!" Wilhelm schien entspannt, aber auch sehr bestimmt. Da ich sehr einfühlsam und sensibel bin, merkte ich die zunehmende Unruhe bei meinen Freunden. Wirklich große Autoritäten wie ich scheuen sich nicht, Fehler zuzugeben. Auch dann nicht, wenn sie keine gemacht haben. Also suche ich keine Fehler, sondern pragmatische Lösungen.

„Gut. Wenn es dich beruhigt, räume ich ein, möglicherweise, eventuell etwas forsch bei meiner Einladung gewesen zu sein." „War das eine Entschuldigung?!" Jaa, wenn du so willst."

Ich kam zu der Erkenntnis, dass Raben, wollen sie in der Gesellschaft von sowohl Menschen als auch Raben etwas gelten und anerkannt sein, die Größe haben sollten, sich zu entschuldigen. Andere Genies, die mich verstehen und schätzen, werden keinen Zweifel an der Richtigkeit meines Verhaltens hegen.

Von Großmut und Appetit geleitet gab ich Wilhelm zu verstehen, dass eine kleine Party mit etwa 20 Teilnehmern aus meinem Freundeskreis einen würdigen Rahmen für einen Burgfrieden, auch mit Luise, bieten würde. „Gern bei dir am Teich oder auch am Ufer der Hamme. Du lieferst Speisen und Getränke und ich stelle die Teilnehmer für das Picknick."

Wilhelm schmunzelte. „Gut, mehr Ruhe und Ordnung hätten wir, wenn ihr an der Hamme euer Unwesen treiben würdet, jedoch ist es für uns ein recht hoher logistischer Aufwand. Also treffen wir uns am Teich um 19:00 Uhr."

Die Terrassentür stand offen, mit leerem Magen schlüpfte ich hinein und folgte sehnsüchtig dem unwiderstehlichen Aroma des Schweinebratens. Gern erinnerte ich mich an die Zeiten, als ich zu einem feudalen Festessen geladen war, heute jedoch musste ich mir die köstlichen Gaben mit einer lauten Krähenhorde teilen. Statt einer klassisch eingedeckten Tafel mit weißer Tischdecke, die einen Hauch von Eleganz vermittelt sowie Besteck, Porzellangeschirr und verschiedenen Gläsern sollte ich jetzt wie ein Hund vom Boden fressen?! Wer bin ich denn?

Wilhelm schien meine Gedanken zu erraten. „Ludwig, du musst verstehen, dass ich dich wie jeden anderen Raben behandeln muss, willst du dich nicht als blasierter Snob bei deinen Freunden unbeliebt machen." „Ja, ja, schon gut", stimmte ich zu.

Der Abend verlief ohne besonderen Vorkommnisse, abgesehen von zwei Beinahe-Todesfällen. Gerda hatte bereits vier Heidelbeermuffins verschlungen, als ihr der fünfte im Hals stecken blieb. Sie kippte um, begann zu zittern und verlor das Bewusstsein.

Anke fiel ebenfalls mit einem spitzen Schrei in Ohnmacht, nachdem sie Serpentina, eine elegante und besonders große Ringelnatter, im Teich erblickt hatte.

Beide Damen wurden nach einer Mund-zu-Schnabel-Beatmung gerettet. Da auch Irmgard sich bei einem Sturz den rechten Flügel verstaucht hatte und Henri und Heiner nach einer großen Menge des ungewohnten Bieres nicht mehr flugfähig waren, bot Wilhelm uns freundlicherweise das Enkelhaus als Schlafstätte an. Elise und ich übernachteten in meiner Villa mit dem Ausblick auf ein herzhaftes Frühstück bei Wilhelm.

Empathie
Wer die Fähigkeit besitzt, neben der eigenen auch andere Sichtweisen einzunehmen, hat einen klaren Vorteil. Wir Raben und Krähen haben durchaus empathische Gefühlsregungen. Wir sehen mehr, verstehen Entwicklungen, Beweg- und Hintergründe besser und können die Erkenntnisse nicht nur im eigenen Interesse, sondern im besten Fall auch zum Wohle vieler Mitvögel einsetzen. Mehrere Perspektiven einzunehmen muss man allerdings lernen, das können wir dank unserer Intelligenz.
Negative, für uns positive, Erlebnisse wie Ricardas Abgang oder die Vertreibung von Robert und Genossen aus unserem Paradies bedeuten eine hohe emotionale Belastung für die Betroffenen. Mir war das egal, ich hatte kein Mitleid. Bei Anke und Gerda jedoch war das Mitgefühl unserer Gruppe sehr groß. Für die extreme Schlangenphobie von Anke hatte ich kein Verständnis, für den Appetit von Gerda umso mehr. Wir spendeten beiden Trost, beruhigten sie und munterten sie auf.

Gar lustig ist die Jägerei

Wie ich bereits erwähnte, verfügen wir Raben über Empathie. Wir sind weder unbarmherzig und kalt noch lassen wir uns von Hass, Rache und Gewalt leiten. Immer mehr Menschen, die sich mit uns Raben befassen und fähig sind, ihre Voreingenommenheit und Intoleranz uns gegenüber zu überwinden, stellen fest, dass der Schutz für Tiere aller Art natürlich auch ein neues Bild der verfemten Rabenartigen wichtig ist.

Als Wilhelm mir heute Morgen beim Studium der Zeitung erzählte, ein 18-jähriger Mensch hätte bei der Krähenjagd einen Gleichaltrigen aus Versehen erschossen, hätten vielleicht einige Rohlinge sagen können, dies geschehe ihnen recht, dem Schützen und dem Erschossenen.

Aber auch wir Raben sind soziale Wesen und Mitleid ist ein archaisches Gefühl. Wilhelm, Luise und natürlich auch ich empfanden keine Schadenfreude, sondern Mitleid. Trotzdem frage ich mich, warum zwei 18-Jährige Jungs Jagd auf Krähen machen.

Warum?!

Die Jagd auf Singvögel und geschützte Vogelarten ist in der Europäischen Union nach der EU-Vogelschutzrichtlinie verboten. Wir sind Singvögel, trotzdem dürfen Rabenkrähen vom August bis Februar abgeschossen werden. Nach § 1 des Tierschutzgesetzes darf niemand "einem Tier ohne vernünftigen Grund Schmerzen, Leiden oder Schäden zufügen."

Es ist absolut sinnlos und aus naturschutzrechtlichen und ethischen Gründen abzulehnen.

Wilhelm meint, es gebe viele gute Gründe für die Jagd und es gibt auch verantwortungsvolle Jäger, die nicht willkürlich auf Tiere schießen und aus Übermut herumballern. Aber die Jagd damit zu begründen, dass man Wildbestände bei Schalenwildarten wie

Wildschweinen, Rehen und Hirschen reduzieren wolle, ist geradezu blödsinnig. Das Gegenteil ist der Fall, hohe Bestände sichern die Möglichkeit, schnell und einfach zum Schuss zu kommen, um wieder eine Trophäe an die Wand hängen zu können. Der wohl größte Teil der Menschen mit Jagdschein übt die Jagd nicht beruflich, sondern als Hobby und Freizeitspaß aus. Wenn die Wildnis ruft, werden Löwen, Leoparden und andere Tiere eher gejagt als fotografiert. Die Bedeutung der Jagd, wildlebende Tiere für die Ernährung zu erbeuten, besteht nicht mehr.

Laienspieltheater

Trotz der schlechten Morgennachrichten, die wir uns zusammen ansahen und die wie fast immer mit der Laienspielgruppe, wie Wilhelm die Regierung nennt, zusammenhingen, war er überaus freundlich und zuvorkommend, was sich unter anderem in einem opulenten Frühstück ausdrückte. Die anderen Gäste hatten sich über Nacht erholt und waren zu unserem Stammbaum zurückgekehrt.

„Sage mal Wilhelm, ist es nicht ziemlich beleidigend, eure Regierung mit einem Laienspieltheater zu vergleichen?"

„Warum, ich verstehe nicht, warum sollte die Regierung beleidigt sein?!"

„Nicht die Regierung!"

Wilhelms Gesicht hellte sich auf, er schien zu verstehen. „Aha, ich verstehe, du hast natürlich recht." Er klatsche in die Hände.

„Ich kenne viele Laienschauspieler aus verschiedenen Theatergruppen hier in der Umgebung. Es sind allesamt fleißige und bodenständige Leute. Keine ahnungslosen Hochstapler, die ihre Position purem Glück oder Vetternwirtschaft verdanken und die Deutschland zu einem Sanierungsfall gemacht haben. Dumm nur, dass unser Volk nicht dumm genug ist, dies nicht zu merken. Früher brauchte man einen Leistungsnachweis, sei es als Handwerker, Rechtsanwalt oder Maurergeselle, um in der Politik Karriere zu machen. Wir älteren Leute hatten das beruhigende Gefühl, dass gut ausgebildete Fachleute mit Berufserfahrung, egal welcher Partei sie angehörten, über unsere Zukunft entscheiden.

„Es ist der Fluch der Zeit, daß Tolle Blinde führen!" Diesen Satz schreibt man William Shakespeare zu. Offensichtlich war er nicht nur Dichter, sondern auch ein Prophet, denn heute sollte man mindestens Studienabbrecher sein um zu führen. Egal ob man Kevin, Katrin, Tobias oder Emilia heiß. Alle opfern ihre wertvolle Jugend für ein Gehalt von ca. 15.000 Euro monatlich. Da sollten doch alle jungen Handwerker, Bauarbeiter, Kaufleute und andere, die für einen Bruchteil des Gehaltes mit viel Fachwissen zu unserem Wohlstand beitragen, froh sein.

Sie müssen keine Opfer bringen.

Eine selbsternannte Völkerrechtlerin hat in ihrem Lebenslauf gepfuscht, um klüger und kompetenter zu erscheinen. Aber der "missverständliche Eindruck", den sie damit erweckt hat, ist aufgeflogen. Wenn man jeden zweiten Satz mit *„Ich habe deutlich gemacht"* beginnt, die Aussage jedoch undeutlich und nebulös ist, macht man deutlich, dass man vollkommen ahnungslos ist.

Übrigens ist der Titel „Völkerrechtler" nicht geschützt."

„Von wem redest du Herr Völkerrechtler?" „Du weißt genau, wen ich meine. Aber, lieber Ludwig, unsere gut bezahlten Komiker in der Regierung sind nicht allein schuld an unserem Niedergang. Uns fehlt das Leistungsprinzip. Alle reden vom Begriff „Work-Life-Balance" als seien Arbeit und Leben Gegenätze. Unser Problem ist, dass immer mehr Menschen nur Wert legen auf ein gutes Leben ohne „Work" und darauf vertrauen, dass der Staat ihnen dieses mit viel Bürgergeld ermöglicht.

Der Deutsche Fußball-Bund will im Kinderfußball Tabellen und Ligen abschaffen, aber wozu soll man sich anstrengen, wenn man nicht gewinnen kann. Aber da, wo einer gewinnt, gibt es auch immer einen Verlierer. Im Leben läuft nicht immer alles glatt. Darum ist es besonders wichtig, dass Kinder lernen, auch mal zu verlieren. Vielleicht wird auch bald der Klassiker des deutschen Gesellschaftsspiels „Mensch ärgere Dich nicht" abgeschafft, weil sich die Verlierer des Spiels ärgern könnten. Verlieren im Spiel ist keine Existenzbedrohung. Man darf sich ärgern, aber man darf auch sowohl Verlierer als auch Gewinner loben, wenn sie sich fair verhalten. Denke immer daran, auch du wurdest schon einmal aus den Fängen eines Jägers befreit und du hast keine wahnhaften Psychosen davongetragen."

„Ich bin psychisch stabil."

„Nach dem Motto, was die Fußballer können, schaffen wir auch, haben unsere Leichtathleten mit grottenschlechten Leistungen nachgezogen. Wir scheitern mittlerweile überall, nicht nur im Sport und das ist, glaube ich, kein Zufall. Der Zustand des deutschen Fußballs passt zur aktuellen Lage der Republik. Ich glaube Ludwig, es gibt einen Zusammenhang, aber Leichtathleten und Fußballer zu vergleichen, verbietet sich. Während sich zum Beispiel einige Sprinter und Werfer Gedanken über die nächste Mietzahlung machen, kümmern sich die Herren Fußballer um ihren Haarschopf, den überteuerte Figaros bearbeiten oder um das brennende Problem, ob das nächste Steak mit Pfeffer oder mit Gold gewürzt sein soll."

Multispezies und Mensch-Natur-Verhältnis

„Ich habe schon mehrfach darauf hingewiesen, dass wir Rabenartigen von euch Menschen häufig negativ wahrgenommen werden. Das ist für mich auch vollkommen logisch, denn mit unserer Intelligenz, mit unserer Spiel- und Entdeckerfreude und mit – ich gebe es zu - mit unserer Neugier kollidieren wir immer mal wieder mit euren Interessen. Du selbst hast mir mit der Ernennung zum Corvicopter einen großen Gefallen getan, indem du mit deiner Neugier auch meine befriedigt hast. So konnte ich quasi in deinem Auftrag eure Verhaltensweisen erkunden und mit der unseren vergleichen. Bei einem Zusammenleben auf engem Raum bleiben Konflikte naturgemäß nicht aus.

Aber ist das unsere Schuld? Nein!"

„Natürlich hast du recht, lieber Ludwig. Alles, was du sagst, ist richtig und ich weiß es auch. Leider ernte ich mit meinen Berichten und Erzählungen über euch immer nur ein mildes Lächeln und mitleidige Kommentare à la *„du mit deinen komischen Raben!"* Aber es tut sich was im Bewusstsein bei uns Menschen. Es setzt sich zum Beispiel langsam die Erkenntnis durch, dass Schweine und Rinder keine seelenlosen Fleischlieferanten sind. Fleischesser wie mich wird es immer geben, aber wer Fleisch isst, trägt Verantwortung. Leider ist die Annäherung zwischen Mensch und Tier immer noch ein Verhältnis zwischen Konsumenten und lebenden Eier-, Fleisch- oder Milchmaschinen. Aber dieses Thema müssen wir nicht vertiefen, wir haben bereits oft darüber diskutiert."

„Aha, Wasser predigen und Wein trinken, ist das nicht ein wenig heuchlerisch?" „Stimmt, Ludwig, aber immerhin bin ich mir dessen bewusst. Wir Menschen beanspruchen immer mehr Raum für uns. Es war schon immer so, dass wir unsere Felder, unser Vieh und unsere Ernte vor wildlebenden Tieren, nicht nur vor Raben, schützen mussten. Und wie du weißt, nimmt die Population von Wölfen in einem Maße zu, dass es zu immer mehr Mensch-Wild-tier-Konflikten kommt. Dass unser Lebensraum immer kleiner wird hat Folgen sozialer und humanitärer Natur. Ich habe mich anfangs über die Wiederansiedlung der Wölfe gefreut, aber mittlerweile sehe ich eine große Gefahr für Leib und Leben, auch für das Leben der Wölfe."

„Und für und besteht also keine Gefahr?" „Nein, ihr seid zu viele und ihr seid zu schlau."

Meister Isegrim, die böse Bestie?

„Es gibt kein natürliches oder ökologisches Gleichgewicht in unserem dicht besiedelten Land. Je stärker die Wolfspopulation zunimmt, desto geringer wird die Toleranz gegenüber Wildtieren und Schutzmaßnahmen.

Wildlebende Wölfe sind harmlos und für Menschen besteht keine Gefahr. Es sind von Natur aus vorsichtige und scheue Tiere, die Begegnungen mit uns Menschen scheuen.

Wir passen nicht in ihr Beuteschema, also sind wir ihnen egal.

Wenn wir allerdings anfangen, wildlebende Wölfe wie kleine niedliche Hunde zu behandeln, wenn wir versuchen, sie anzulocken oder gar zu füttern, verlieren sie ihre instinktive Vorsicht und können gefährlich werden.

Ein Wolf ist ein Raubtier und sollte auch so behandelt werden. Der Tisch ist für Wölfe gut gedeckt, überall lauern leckere Imbisse in Form von Schafen und Rindern. Dass die Landwirte Angst um ihre Tiere und somit auch Sorge um ihre Existenz haben, kann ich mitt-

lerweile gut verstehen. Aber die angebliche Tierliebe, die Schafbe-
sitzer vorgeben, wenn sie darauf hinweisen, dass der große böse
Wolf kuschelweiche kleine Schäfchen grausam zerfleischt, halte ich
für verlogen, denn es wird geflissentlich verschwiegen, dass es
auch den Schafbesitzern letztlich nur darum geht, ihren kuschel-
weichen kleinen Schäfchen unter fragwürdigen Umständen in
noch fragwürdigeren Schlachthäusern die Kehlen durchschneiden
zu lassen, um ihre *Schäfchen ins Trockene* zu bringen und aus ihnen
Profit zu machen.

Lässt man die betroffenen Menschen, Landwirte, Eltern von kleinen Kindern und Gemeinden mit dieser Bedrohung allein, töten sie
die Tiere, um sich und ihre Ernte zu schützen, was nicht nur Wölfe
an den Rand des Aussterbens bringen kann. Zum Schutz der Raub-
tiere sollte man eine große Anzahl von ihnen zum Abschuss freige-
ben. Das klingt wie eine Widerspruch, aber wenn viele Tiere aus
der Natur entnommen werden, wie Behörden das Erschießen nennen, kann die Art mit wenigen Individuen überleben.

„Ludwig, du kennst Günter und Mechthild von unseren Kartenab-
enden. Während Mechthild die Anwesenheit der Wölfe wenig beunruhigt, weil sie die Lage richtig einschätzt, sieht Günter hinter
jedem Baum ein mordendes Untier. Man könnte meinen, die Wölfe
hätten sich nur wieder angesiedelt, um Jagd auf ihn zu machen.

Ich nenne ihn manchmal Lupo. Wer ihn kennt, weiß, dass er ein
wenig zu Übertreibungen neigt, wobei „wenig" ein wenig unter-
trieben erscheint.

Im Übrigen gefallen mir die Begriffe „Raubtier" und „Raubzeug"
nicht, es sollte Beutegreifer heißen. Bei Vögeln hat sich immerhin
auch schon der Begriff „Greifvogel" durchgesetzt."

Rotkäppchen, Zeitungsenten und andere Zweibeiner

Die Angst vor dem großen bösen Wolf polarisiert. Es stehen sich zwei Lager unversöhnlich gegenüber: die wohlmeinenden Wolfsschützer und jene, die Angst, Schrecken und Hysterie schüren.

Im einem Filmtierpark, einem so genannten Kontaktzoo, hat ein Wolf einen achtjährigen Jungen gebissen. Der Wolf aber war keineswegs böse und hinterhältig, sondern er hat sich verhalten, wie man es von pubertierenden Wölfen erwarten muss. Die Betreiber des Tierparks und auch die fahrlässigen Eltern jedoch müssen sich die Frage gefallen lassen, wieso man einem Kind einer solchen Gefahr aussetzen kann. Unbegreiflich! Wölfe sind Beutegreifer und keine niedlichen Zwergkaninchen.

In unserem Nachbarkreis geisterte vor einiger Zeit ein Wolfsbiss durch die Medien, der keiner war. Der Umgang mit vermeintlichen Fakten ist hierbei symptomatisch für die mangelhafte Disziplin des Denkens und das Schüren von Ängsten, wie sie inzwischen in weiten Teilen der Gesellschaft erschreckend verbreitet sind. War der Friedhofsmitarbeiter, der diesen ominösen Angriff durch einen Waldkobold erleiden musste, möglicherweise sehbehindert, blauäugig oder einfach nur blau?

Egal, bei Eltern wird die Rotkäppchen-Angst durch reißerische Falschmeldungen aktiviert. Im Märchen vom Rotkäppchen wird der böse Wolf als ein gefräßiger, niederträchtiger und hinterhältiger Geselle, der einer alten, kranken Frau und einem arglosen, kleinen Mädchen nachstellt, beschrieben. Oder war die kleine Göre gar nicht so arglos, sondern eine renitente, durch das Revier trampelnde Nervensäge.

Kleine Mädchen - ob mit oder ohne roter Mütze - und auch Knaben sollten sich vor zweibeinigen Wölfen hüten. Diese geben sich nicht auf den ersten Blick als Raubtier zu erkennen, denn statt grauem Pelz tragen sie eine Soutane oder auch nur einen gutbürgerlichen Anzug. Das heißt natürlich nicht, dass jeder, der eine Soutane trägt, sein wahres Gesicht verbergen will, aber Wilhelm meint, im Wald sei es für Heranwachsende sicherer als in einem Pfarrhaus.

Die Mensch-Raben-und-Wolfsbeziehungen müssen neu überdacht werden. Wir dürfen nicht jede plakative Zeitungsmeldung über mordende Raben und blutrünstige Wölfe ungeprüft hinnehmen. Unsere Wahrnehmung sollte offen und vorurteilslos sein. Tiere sind soziale Wesen und sie haben nicht das Bedürfnis, Landwirten, Jägern, Reitern, die in einen Graben gefallen sind oder gar alten Omas und kleinen Mädchen Schwierigkeiten zu bereiten.

Abschied
Das laute, unverwechselbare Trompeten der Kraniche, die sich bei ihrem Einflug in die Schlafplätze im nahen Teufelsmoor Gehör ver-schafften, kündigten bereits den nahenden Winter an. Mit ihrem Geschrei geht es den Vögeln auch um den Familienzusammenhalt, denn durch das Rufen werden die Bindungen zwischen den einzel-nen Tieren gestärkt, sagt Wilhelm. Mag sein, mir sind aber die Stare lieber, die halten während ihres Zuges wenigstens den Schnabel.

Wilhelm und ich hatten und zu einem gemeinsamen Abendessen getroffen. Wir beide waren uns einig, dass Frauen und Kinder ihren eigenen Interessen nachgehen sollten. Rabea, Albert und Ni-kolaus hatten ohnehin keine Lust, mit den „Alten" herumzusitzen, sie spielten viel lieber mit den Wölfen. Elise hatte schon immer Hemmungen und Angst, sich bei Tisch nicht richtig benehmen zu können und Luise zog es vor, bei den Erlebnissen eines ominösen Bergdoktors im Fernsehen mitzufiebern.

„Ich freue mich, wenn Luise sich an einem alpenländischen Arzt oder an den immer gleichen Abenteuern von lebensmüden Bergtouristen ergötzen kann. Außerdem bin ich ausgesprochen froh, dass Luise mit Feminismus und diesem blödsinnigen Gendern nichts zu hat, aber unter uns Herren is(s)t man einfach unkompliziert."

Der Tisch war üppig gedeckt. Keine Salate, sondern Lachsschnitten, Wurst- und Käseplatten, kleine Bratklopse sowie Schnitzel, die schon beim Betreten des Esszimmers herrlich dufteten.

Wilhelm setzte sich an den Tisch, um ruhig die Leckereien in näheren Augenschein zu nehmen. Mit Wohlbehagen verzehrte er einige Marzipankartoffeln, die eigentlich als Nachspeise vorgesehen waren, stellte aber mit Verdruss fest, dass das Moorbier nicht ausreichend gekühlt war. Da ich an diesem Tag aber in bester Laune war, wollte ich die Stimmung nicht kippen lassen.

Ich versuchte so höflich und ruhig wie möglich, die Speisenauswahl zu kommentieren. „Meines Erachtens ist das Dargebotene sicher sehr lecker, aber nicht rabengerecht." „Ja, Ludwig, ich habe Luise gebeten, einige Blaumeisenbrüstchen zu kredenzen, aber wie du weißt, versteht sie in dieser Hinsicht wenig Spaß. Ich schneide dir das Schnitzel in kleine schnabelgerechte Stückchen, einverstanden?"

Ich atmete tief durch und stimmte der Harmonie wegen zu. Wilhelm griff zum Telefon und es entspann sich der folgende loriotische Dialog:

Luise: Ja?

Wilhelm: Das Bier ist warm! Das Bier ist warm!

Luise: Ich habe es gehört.

Wilhelm: Wann hast du das Bier aus dem Kühlschrank genommen?

Luise: Zu viel Bier ist gar nicht gesund!

Wilhelm: Ich meine, wie lange steht dieses Bier schon auf dem Tisch?

Luise: Du willst es doch immer kühl haben.

Wilhelm: Das weiß ich.

Luise: Was fragst du denn dann?

Wilhelm: Weil dieses Bier nicht ausreichend gekühlt ist.

Luise: Es ist so wie immer!

Wilhelm: Wieso ist es dann mal zu warm und mal nicht?

Luise: ICH WEISS ES NICHT!

Wilhelm legte den Hörer auf. Ich hatte das Gespräch gut mithören können, da Luises Stimme aufgebracht und folglich etwas hysterisch klang.

„Übrigens, Wilhelm, der Weg zum Kühlschrank ist nicht weiter als der zum Telefon. Hast du geglaubt, dass sie die Treppe runtereilt und dir ein Bier aus dem Kühlschrank holt?!", sagte ich mit einem süffisanten Lächeln. Aus Erfahrung weiß ich, dass eine Diskussion mit Wilhelm durchaus hitzig werden kann und um die Stimmung zu entspannen erklärte ich mich bereit, das warme Moorbier zu trinken.

Ich hatte diese Zusammenkunft angeregt um mich geistig abzunabeln. Ich glaube, Wilhelm kann mir nichts mehr beibringen, da ich auf dem Höhepunkt meiner Weisheit angelangt war. Man lernt zwar nie aus, aber ich bin in der Lage, mir alles beizubringen, was ich wissen und können will.

Gern der Zeiten gedenk ich, da ich mich begierig meinem Wissensdurst hingegeben habe. Welche Wollust empfand ich, wenn mein wissenschaftlicher Heißhunger mich veranlasste, Wilhelms Bibliothek zu durchstöbern. Dass hin und wieder einige Bücher zu Schaden kamen und Wilhelm vor Wut brüllte, verbuchte ich für mich als Kollateralschaden. Ich gebe zu, bei dem Sturz der Keramikeule, die sich in viele winzige Teile auflöste, etwas nachgeholfen zu haben.

Personen, die mich verstehen und mich würdigen, werden an mir keinen Zweifel hegen angesichts des Erfolges meiner Studien. Die Art meiner dualen Ausbildung mit Lehrstunden bei Wilhelm, aber auch durch eigene Bemühungen, bei denen ich mich täglich mit fremden Gedanken und mit Keksen, vollstopfte, war mühevoll und erfolgreich.

Der Abend verlief sehr harmonisch, im Hintergrund erklang passenderweise wohltemperierte Musik von Herrn Bach, der bekanntlich auch kein Kostverächter war. Die kleinen Schnitzelstücke waren superb und auch das für mich ebenso wohltemperierte Bier war eine fabelhafte Erfahrung. Ich war satt, zufrieden und dankbar.

Ich erklärte Wilhelm, dass ich meine wertvolle Zeit meinen Kindern, meiner Frau, meinen Freunden und Bewunderern und natürlich meinen philosophischen Theaterstücken und Sachbüchern, die ich zu verfassen gedachte, widmen möchte. Schließlich hat die Welt ein Recht auf meine geistigen und künstlerischen Ergüsse, die auf allen Bühnen weltweit tosenden Beifall auslösen werden.

Beherrscht, zurückhaltend, diszipliniert und bescheiden wie es meinem Naturell entspricht sage ich schlicht und einfach:

Danke Wilhelm!

Protagonisten

Wilhelm, Chef und Luise, Gattin vom Chef
Julius, kleiner Chef und Sohn von Wilhelm und Luise

Alte Kameraden
Inge und Hendrik
Marie und Heinzi
Sabine und Wolfram

Nachbarn
Anton Bengl und Erika Angelina, genannt Beton
Bernhard Gieschling und Ilse
Heino Kückelmann und Sabine Grigoleit-Kückelmann
Cita mit Gefolge: Resi und Gerhard Wittlich

Packhaus: Cindy und Bert Krause (Stan und Olli)

Rabenbande
Ludwig und Elise mit Rabea, Albert und Nikolaus
Irmgard (… ist getrost dahingestolpert), Anke Mamba,
Gerda Praline, Wollibald, dickes Sensibelchen, Birgitt,
Heiner, Henri
Klein Hannes, genannt Bacardi (Lochsucher)
Robert Stümper, Annabella Plagiata, der Ballon

Flintenweiber: Uschi, Annegret und Christine

Andere
Heiko, Senior Keiler und Moped, Nachwuchskeiler

Der Unterschied zwischen Menschen und Tieren ist graduell. So ist es auch zu erklären, dass in Ludwigs Rabenbande Typen herumlaufen, fliegen oder fallen, die deutliche Ähnlichkeiten mit lebenden Personen haben. Aber die Handlung und alle Personen und Tiere sind frei erfunden. Etwaige Ähnlichkeiten mit tatsächlichen Begebenheiten oder lebenden oder toten Personen wären rein zufällig.

Weil Vögel keine Säuger sind, hat man sie lange unterschätzt. Vor allem Rabenvögel sind der Beleg dafür, dass Hirngröße nicht alles sein kann, wenn es um kognitive Fähigkeiten geht.

Selbstgefällig, überheblich, eitel, aber auch gebildet, berichtet Ludwig, die Rabenkrähe, von seinem zweiten Lebensjahr in der bürgerlichen Welt der Familie seines Meisters Wilhelm und dessen Nachbarschaf.

Ludwig, keineswegs ein Genie wie er glaubt, meint, seine eigenen Studien sowie die Unterrichtung durch seinen Mentor hätten ihn in die Lage versetzt, mit den Menschen mindestens auf Augenhöhe über Politik, Wissenschaften und Banalitäten zu diskutieren. Dabei spielt sich der liebenswerte Held oftmals als besserwisserischer und vor Arroganz triefender Schlaumeier auf.

Großmütig gestattet Ludwig seiner Freundin Elise, ihn zu heiraten. Er wird treusorgender Vater dreier wohlgeratener Raben.

Ludwig sinniert über Löcher, die keine sind, lästert über unordentliche Nachbarn und startet eine Karriere als Aufklärungsdrohne. „Krähen Intelligenz" statt „Künstlicher Intelligenz"!

Er nimmt Parallelen zwischen geistig wehrlosen menschlichen Politikern und lästigen Mitvögeln ebenso aufs Korn wie den menschlichen Hochmut, ballernde Hobbyjäger, Wolfshasser oder auch die gefährliche Frauenbewegung mit Stöcken. Nebenbei erfindet er das Neymar-Syndrom, schwärmt von einer Fahrradtour durch die heimatlichen Wiesen, berichtet von Zusammenkünften alter Kameraden inklusive Seelenwanderung und Bier. Er bewundert Wilhelms Fähigkeit, mit kleinstmöglichem Aufwand ein Maximum zu erreichen. Ob Vogelflug, theoretisch und praktisch, ob soziale Kompetenz oder Nahrungserwerb, Ludwig kennt und kann alles.